DER HUND VON BASKERVILLE

EINE GEKÜRZTE FASSUNG FÜR KINDER AB 10 JAHREN

Die Deutsche Bibliothek – CIP-Einheitsaufnahme

Ein Titeldatensatz für diese Publikation ist bei
Der Deutschen Bibliothek erhältlich.

Ein Dorling-Kindersley-Buch
Originalausgabe: Eyewitness Classics: The Hound of the Baskervilles
Copyright © 2001 Dorling Kindersley Ltd., London
Illustration © 2001 Dorling Kindersley Ltd., London
Lektorat: Alastair Dougall
Layout und Gestaltung: Jacquie Gulliver
Bildrecherche: Liz Moore
Herstellung: Jo Rooke
Bearbeitung: Marie Greenwood

Gesetzt nach neuer Rechtschreibung
Aus dem Englischen von Stefanie Schäfer, Köln
Redaktionelle Bearbeitung der deutschsprachigen Ausgabe von
Ute Galter, Mühltal
Copyright der deutschsprachigen Ausgabe © 2001
Gerstenberg Verlag, Hildesheim
Alle deutschsprachigen Rechte vorbehalten
Satz bei Gerstenberg Druck GmbH, Hildesheim
Printed in China
ISBN 3-8067-4760-1

01 02 03 04 05   5 4 3 2 1

DER HUND VON BASKERVILLE

Text von
Sir Arthur Conan Doyle

Illustrationen von
Mark Oldroyd

Gerstenberg Verlag

Inhalt

Sherlock Holmes

Dr. Watson

VORWORT 5

DIE KUNST DER ERMITTLUNG 6

Kapitel 1
MR. SHERLOCK HOLMES 8

Kapitel 2
DER FLUCH DER BASKERVILLES 12

Kapitel 3
SIR HENRY BASKERVILLE 20

Kapitel 4
BASKERVILLE HALL 28

Kapitel 5
DR. WATSON BERICHTET 36

Kapitel 6
DER MANN AUF
DEM FELSENTURM 44

Kapitel 7
TOD IM MOOR 48

Kapitel 8
DER HUND VON BASKERVILLE 56

Kapitel 9
EIN RÜCKBLICK 60

CONAN DOYLE &
SHERLOCK HOLMES 62

Barrymore

Mrs. Barrymore

Beryl Stapleton

Mr. Stapleton

Laura Lyons

Henry Baskerville

Vorwort

Als die Figur des Sherlock Holmes zum ersten Mal auftrat – 1887, im Roman *Studie in Scharlachrot* – war das Publikum hingerissen. Sechs Jahre und viele Sherlock-Holmes-Abenteuer später wollte sein Schöpfer, Sir Arthur Conan Doyle, den berühmten Detektiv »töten«, um sich auf andere Bücher konzentrieren zu können. Doch er beugte sich dem Wunsch der Leser nach einer neuen Geschichte und *Der Hund von Baskerville*, ein Roman über eine Familie, die von einem Höllenhund heimgesucht wird, sollte der spannendste der ganzen Reihe werden.

Diese verkürzte Version für junge Leser erweckt die Schauplätze der Geschichte zum Leben: die Betriebsamkeit des viktorianischen London, das Chaos in Holmes' Büro und das düstere, gespenstische Dartmoor. Vor diesem faszinierenden Hintergrund strahlt wie ein Leuchtfeuer die überragende Intelligenz des größten aller Romandetektive, des unvergesslichen Sherlock Holmes.

Die Kunst der Ermittlung

Sherlock Holmes erfüllt ein natürliches menschliches Bedürfnis, Kriminelle ihrer gerechten Strafe zuzuführen. Er ist ein moderner Held, weil er wissenschaftliche Methoden der Beobachtung und Schlussfolgerung anwendet. Aus winzigen Details kann er das frühere Leben einer Person, ihr Temperament und ihre Vorlieben rekonstruieren – nur mithilfe eines schlichten Vergrößerungsglases. Heute stehen den Kriminalisten beim Kampf gegen das Verbrechen nicht nur ihr Verstand, sondern auch viele technische Hilfsmittel zur Verfügung.

Das finstere Mittelalter

Im Mittelalter gab es viele grausame und törichte »Ermittlungs«-Methoden, um die Schuld einer Person zu beweisen, z.B. »Gottesurteile«. Wurde etwa eine Frau der Hexerei verdächtigt, tauchte man sie gefesselt unter Wasser (rechts). Blieb sie bei Bewusstsein, glaubte man, Geister beschützten sie, und verbrannte sie auf dem Scheiterhaufen.

Beulen am Kopf

Ein früher Versuch, Wissenschaft in der Kriminalistik anzuwenden, war die Phrenologie, 1796 erfunden von Franz Gall. Gall nahm (zu Recht) an, bestimmte Areale des Gehirns kontrollierten bestimmte Funktionen. Er behauptete, jedes Areal verursache charakteristische Beulen am Kopf, an denen ein Phrenologe »ablesen« könne, ob eine Person kriminell veranlagt sei.

Der Lügendetektor

Der elektrische Lügendetektor, auch Polygraph genannt, wurde in den 1930er-Jahren entwickelt. Zunächst stellt man einem Verdächtigen einfache Fragen, um »normale« Werte in Bezug auf Atmung, Blutdruck und Schweißproduktion zu messen. Die Befunde ergeben ein Diagramm. Dann stellt man der Person Fragen über ein Verbrechen und vergleicht die Resultate. Eine deutliche Abweichung von den »normalen« Werten kann bedeuten, dass der Verdächtige lügt.

DETAILS

Ärzte, Ermittler und Kriminalwissenschaftler lösen Fälle, indem sie auf kleinste Details achten.

Phantombild

Mithilfe der Foto-fit-Methode kann die Polizei das Aussehen eines Kriminellen rekonstruieren.

Auf Fotostreifen sind verschiedene Augen, Nasen und andere Merkmale abgebildet. Wenn man sie zusammensetzt, entsteht ein Gesicht.

Das fertige Phantombild kann unter Umständen dem Gedächtnis der Zeugen nachhelfen und zur Überführung des Täters beitragen.

Genetische Fingerabdrücke

In den 1960er-Jahren entdeckte man, dass jede menschliche Zelle einen genetischen Code in Form von Molekülsträngen, DNS genannt, enthält. Nur eineiige Zwillinge haben dieselbe DNS. Schon aus winzigen Haut-, Haar- oder Blutteilchen vom Tatort kann man einen »genetischen Fingerabdruck« erstellen und mit dem eines Verdächtigen vergleichen.

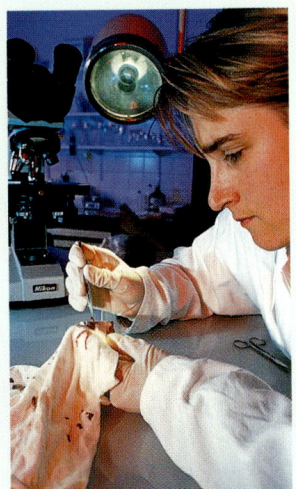

Fingerabdrücke

1858 bewiesen Wissenschaftler, dass die Fingerabdrücke jedes Menschen unterschiedlich sind. Seitdem wurde die Suche nach Fingerabdrücken am Tatort zur polizeilichen Routine. Auf Oberflächen wird ein Puder verteilt, der an Feuchtigkeit haften bleibt und ein sichtbares Bild von einem Fingerabdruck hinterlässt. Die Abdrücke können mit einem Klebestreifen abgehoben und mit denen des Verdächtigen verglichen werden.

Spurensicherung

Edmond Locard, Arzt und Rechtsanwalt, stellte 1910 eine für die Kriminalistik äußerst wichtige wissenschaftliche Regel auf: Jeder Kontakt hinterlässt eine Spur. Spuren vom Tatort, etwa mikroskopische Blutstropfen eines Mordopfers, heften sich an Haut oder Kleidung eines Kriminellen, während er selbst Spuren – Haare, Fingerabdrücke oder Kleidungsfasern – zurücklässt. Mit leistungsstarken Mikroskopen können Kriminalisten solche Spuren analysieren und sie als Beweise verwenden.

Forensische Zahnkunde

Während eine Leiche verwest, bleiben die Zähne oft erhalten und ermöglichen so eine Identifizierung. Doch die Forensische Zahnkunde kann auch helfen, Kriminelle zu überführen: 1906 wurde ein Einbrecher verurteilt, weil man als Beweis ein Stück Käse verwendete, in das er am Tatort hineingebissen hatte!

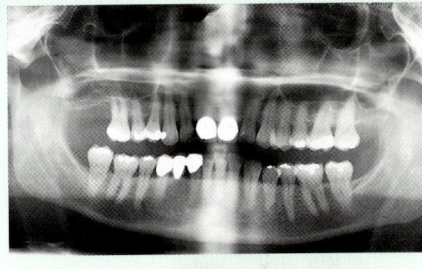

Wanzen

Wanzen stellen eine sehr effektive Überwachungsmethode dar. Einmal fand man ein drahtloses Mini-Mikrofon in einem Amtssiegel-Modell, das jahrelang im Büro eines US-Botschafters gehangen hatte – einem Geschenk des Moskauer Bürgermeisters!

VERBRECHENSVORBEUGUNG

Durch den technischen Fortschritt ist es heute relativ einfach, wichtige Ereignisse und Gespräche aufzuzeichnen und zur Überführung von Tätern zu verwenden. Zugleich erschweren Alarmanlagen verschiedenster Art kriminelle Übergriffe.

Diebstahlschutz

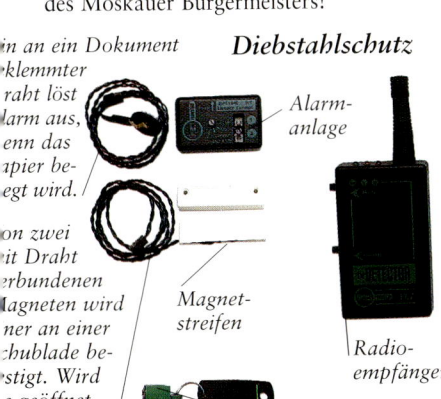

in an ein Dokument
klemmter
raht löst
larm aus,
enn das
apier beegt wird.

on zwei
it Draht
erbundenen
lagneten wird
ner an einer
chublade bestigt. Wird
e geöffnet,
tönt Alarm.

Alarm-anlage

Magnet-streifen

Radio-empfänger

Magnet stoppt Alarm

Überwachungskameras

Videokameras an gefährdeten Orten – Einkaufszentren, Banken, Millionärsvillen – ermöglichen eine konstante Überwachung. Videokameras übermitteln über ein Kabel Signale an einen Monitor. Geschieht ein Verbrechen, hat man als Beweis eine Aufzeichnung. Obwohl Videokameras zum Schutz vor Verbrechen dienen, findet mancher die Vorstellung beunruhigend, auf Schritt und Tritt überwacht zu werden.

Video-kameras

Kapitel 1

Mr. Sherlock Holmes

Oliver Wendell Holmes
Sir Arthur Conan Doyle nannte seinen Helden womöglich nach dem amerikanischen Essayisten, Arzt und Anatomieprofessor Oliver Wendell Holmes, den er sehr bewunderte.

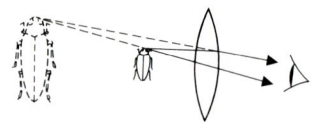

Penang-Stock
Die schweren Stöcke wurden so genannt, weil sie in entfernten Teilen des britischen Empire zum Schutz getragen wurden, etwa in der malaysischen Region Penang.

Vergrößerungsglas
Eine konvexe Linse bündelt durch ihre Krümmung nach außen Lichtstrahlen und produziert dadurch ein vergrößertes Bild von einem betrachteten Objekt.

Mr. Sherlock Holmes, der gewöhnlich erst sehr spät aufstand, außer in den nicht gerade seltenen Fällen, in denen er die ganze Nacht aufgeblieben war, saß am Frühstückstisch. Ich nahm den Stock zur Hand, den unser Besucher am Abend zuvor zurückgelassen hatte – ein Stock aus edlem, dickem Holz mit einem Knauf am Ende, auch als »Penang-Stock« bekannt.

›Für James Mortimer, MRCS, von seinen Freunden im CCH, 1884‹, war darin eingraviert.

»Und, Watson, was sagt Ihnen der Stock?«

Holmes saß mit dem Rücken zu mir und ich hatte mir nicht anmerken lassen, womit ich mich beschäftigte.

»Woher wussten Sie, was ich gerade tue? Ich glaube fast, Sie haben Augen im Hinterkopf.«

»Zumindest habe ich eine blank polierte, versilberte Kaffeekanne vor mir stehen«, erwiderte er. »Aber sagen Sie, Watson, was entnehmen Sie dem Stock unseres Besuchers? Da er unglücklicherweise abwesend ist und wir keine Ahnung von seinem Verbleib haben, ist dieses zufällige Souvenir recht bedeutsam. Versuchen Sie doch einmal, den Mann anhand seines Stocks zu charakterisieren.«

»Ich glaube«, sagte ich, so weit wie möglich die Methoden meines Freundes anwendend, »Dr. Mortimer ist ein erfolgreicher, älterer Arzt – beliebt, da man ihm dieses Zeichen der Wertschätzung verehrt hat.«

»Gut!«, sagte Holmes. »Exzellent!«

»Ich glaube, er könnte ein Landarzt sein, der viele seiner Hausbesuche zu Fuß abstattet.«

»Warum?«

»Weil sein Stock so stark abgenutzt ist, dass ich mir kaum vorstellen kann, ein Stadtarzt habe ihn getragen.«

»Absolut folgerichtig!«, sagte Holmes.

»Und dann diese ›Freunde im CCH‹.

Ich denke, das muss etwas mit Jagd heißen, der örtliche Hasenjagdverein, dessen Mitglieder er vielleicht medizinisch versorgt hat und die ihm zum Dank ein kleines Geschenk überreichten.«

»Wirklich, Watson, Sie übertreffen sich selbst«, sagte Holmes, schob seinen Stuhl zurück und zündete sich eine Zigarette an. »Sie unterschätzen Ihre Fähigkeiten. Sie sind vielleicht nicht brillant, aber Sie sind ein Wegbereiter des Lichts. Manche Leute können das Genie in anderen wecken, obwohl sie selbst keines sind. Mein lieber Freund, ich stehe tief in Ihrer Schuld.«

Das hatte er noch nie gesagt und ich freute mich sehr über sein Lob.

Er ging mit dem Stock ans Fenster und betrachtete ihn durch ein Vergrößerungsglas.

»Interessant, aber elementar«, bemerkte er.

»Zumindest habe ich eine blank polierte, versilberte Kaffeekanne vor mir stehen.«

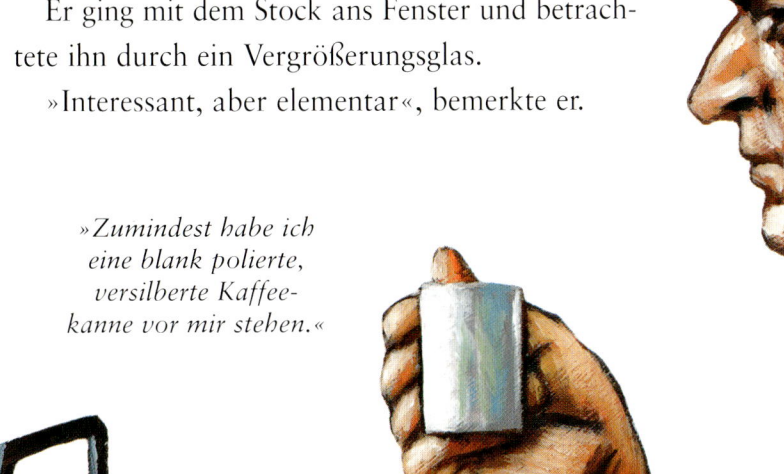

Ich zog das Ärzteverzeichnis heraus und schlug den Namen nach.

»Ist mir etwas entgangen?«, fragte ich etwas selbstzufrieden.

»Ich befürchte, mein lieber Watson, die meisten Ihrer Schlussfolgerungen waren irrig, jedoch nicht alle. Der Mann ist gewiss ein Landarzt. Doch ein Geschenk für einen Arzt stammt wahrscheinlich eher von einem Hospital als von einem Jagdverein, und wenn die Initialen ›CC‹ vor diesem Hospital stehen, drängen sich die Worte ›Charing Cross‹ auf.«

»Sie könnten Recht haben. Doch welche weiteren Schlüsse können wir ziehen?«

»Sie kennen meine Methoden. Wenden Sie sie an!«

»Ich kann mir nur vorstellen, dass der Mann in der Stadt praktizierte, bevor er aufs Land ging.«

»Ich glaube, wir dürfen uns noch weiter vorwagen. Bei welcher Gelegenheit wird ein solches Geschenk überreicht? Als Dr. Mortimer das Hospital verließ, um seine eigene Praxis zu eröffnen. Wir wissen, dass er den Stock erhielt. Wir glauben, dass ein Wechsel von einem städtischen Hospital zu einer Landpraxis stattfand. Wäre die Behauptung zu gewagt, er habe das Geschenk anlässlich des Wechsels bekommen?«

»Das ist gewiss nicht abwegig.«

»Nun, er kann nicht zum Ärztestamm des Hospitals gehört haben, sonst wäre er nicht aufs Land gegangen. Wenn er im Krankenhaus war, jedoch nicht im Kollegium, kann er kaum mehr als ein Student im letzten Semester gewesen sein. Und er ging vor fünf Jahren – das Datum steht auf dem Stock. So erhalten wir das Bild eines jungen Burschen unter dreißig, liebenswert, ohne Ehrgeiz, zerstreut und Besitzer eines Hundes, den ich für größer als einen Terrier und kleiner als einen Mastiff halte.«

Ich lachte ungläubig, als Sherlock Holmes sich in seinem Sessel zurücklehnte und kleine Rauchkringel zur Decke blies.

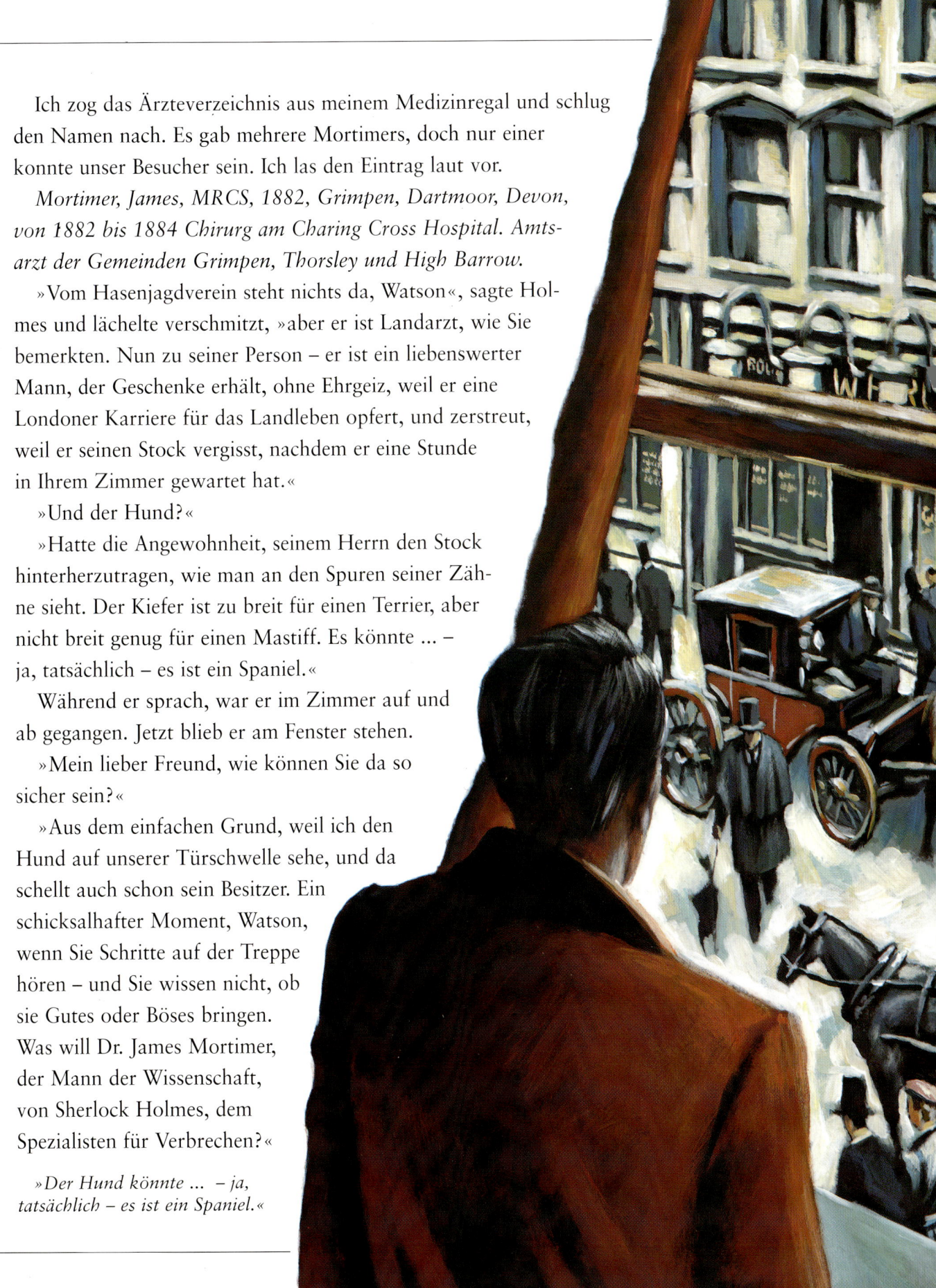

Ich zog das Ärzteverzeichnis aus meinem Medizinregal und schlug den Namen nach. Es gab mehrere Mortimers, doch nur einer konnte unser Besucher sein. Ich las den Eintrag laut vor.

Mortimer, James, MRCS, 1882, Grimpen, Dartmoor, Devon, von 1882 bis 1884 Chirurg am Charing Cross Hospital. Amtsarzt der Gemeinden Grimpen, Thorsley und High Barrow.

»Vom Hasenjagdverein steht nichts da, Watson«, sagte Holmes und lächelte verschmitzt, »aber er ist Landarzt, wie Sie bemerkten. Nun zu seiner Person – er ist ein liebenswerter Mann, der Geschenke erhält, ohne Ehrgeiz, weil er eine Londoner Karriere für das Landleben opfert, und zerstreut, weil er seinen Stock vergisst, nachdem er eine Stunde in Ihrem Zimmer gewartet hat.«

»Und der Hund?«

»Hatte die Angewohnheit, seinem Herrn den Stock hinterherzutragen, wie man an den Spuren seiner Zähne sieht. Der Kiefer ist zu breit für einen Terrier, aber nicht breit genug für einen Mastiff. Es könnte ... – ja, tatsächlich – es ist ein Spaniel.«

Während er sprach, war er im Zimmer auf und ab gegangen. Jetzt blieb er am Fenster stehen.

»Mein lieber Freund, wie können Sie da so sicher sein?«

»Aus dem einfachen Grund, weil ich den Hund auf unserer Türschwelle sehe, und da schellt auch schon sein Besitzer. Ein schicksalhafter Moment, Watson, wenn Sie Schritte auf der Treppe hören – und Sie wissen nicht, ob sie Gutes oder Böses bringen. Was will Dr. James Mortimer, der Mann der Wissenschaft, von Sherlock Holmes, dem Spezialisten für Verbrechen?«

»Der Hund könnte ... – ja, tatsächlich – es ist ein Spaniel.«

Kapitel 2

DER FLUCH DER BASKERVILLES

Ein großer, dünner Mann trat ein. Sein Blick fiel auf den Stock in Holmes' Hand. »Gott sei Dank«, sagte er. »Um nichts in der Welt möchte ich diesen Stock verlieren.«

»Ein Geschenk vom Charing Cross Hospital?«, fragte Holmes.

»Von ein paar Freunden dort anlässlich meiner Hochzeit.«

»Na so was – jetzt haben Sie unsere Schlussfolgerungen durcheinander gebracht!«

»Ja, ich heiratete und ließ daraufhin das Hospital und damit jede Hoffnung auf eine Arztpraxis hinter mir.«

»Aha, dann lagen wir also doch gar nicht so falsch. Und nun, Dr. Mortimer«, sagte Holmes, während er den Besucher zum Setzen aufforderte, »sagen Sie mir bitte, was ich für Sie tun kann.«

»In meiner Tasche habe ich eine Handschrift«, sagte Dr. Mortimer.

»Ich bemerkte sie, als Sie hereinkamen, frühes achtzehntes Jahrhundert.«

»Wie können Sie das wissen, Sir?«

»Einige Zentimeter davon schauten aus Ihrer Tasche heraus. Ich würde sie auf 1730 datieren.«

»Das genaue Jahr ist 1742.« Dr. Mortimer zog sie aus seiner Brusttasche. »Dieses Familiendokument wurde mir von Sir Charles Baskerville anvertraut, dessen plötzlicher Tod vor drei Monaten ganz Devonshire erschütterte. Es ist eine Legende, die sich um die Familie Baskerville rankt. Wenn Sie erlauben, werde ich sie Ihnen vorlesen: Vor langer Zeit herrschte auf Baskerville Hall Hugo, ein wilder und gottloser Mann.

Dieser verliebte sich eines Tages in die Tochter eines Landmannes, doch das junge Mädchen verschmähte ihn. An Michaelis entführte Hugo die Maid mithilfe seiner müßigen, bösen Kumpanen in sein Haus. Sie kletterte jedoch am Efeu, der die Südmauer bedeckte, hinunter und floh durch das Moor zurück nach Hause. Hugo schwor, er würde Körper und Seele den bösen Mächten verschreiben, wenn er das Mädchen einhole. Er befahl seinen Dienern, sein Pferd zu satteln und die Hunde herauszulassen, und in wilder Jagd preschten sie im Mondlicht über das Moor.

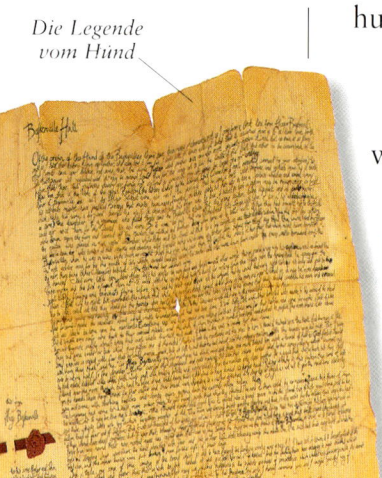

Die Legende vom Hund

Datierung einer Handschrift
Sherlock Holmes kann das Alter eines Manuskripts durch bloßes Anschauen bestimmen – durch die Form der Buchstaben, das Papier sowie die Beschädigungen. Heutzutage schicken die Spezialisten solche Dokumente lieber zur chemischen Analyse ins Labor.

Seine Saufkumpanen folgten ihm. Sie trafen einen Schäfer, der vor Angst halb wahnsinnig war. Er sagte, er habe das Mädchen gesehen und die Hunde seien ihr auf der Spur gewesen. ›Aber ich habe noch mehr gesehen‹, rief er. ›Hugo von Baskerville ritt auf seiner schwarzen Stute vorbei und hinter ihm her rannte lautlos ein grauenvoller Höllenhund!‹ Die Zecher packte gewaltige Angst. Bald trafen sie auf die Hunde, die sich winselnd am Rande einer tiefen Senke aufhielten. Der Mond schien hell auf den Hang, und dort lag das unglückliche Mädchen, tot vor Angst und Erschöpfung. Doch es war nicht der Anblick ihrer Leiche und auch nicht der Hugo Baskervilles', die ihnen die Haare zu Berge stehen ließ. Über Hugo stand eine riesige schwarze Bestie in Gestalt eines Hundes, nur größer, und nagte an seinem Hals. Das Ungeheuer riss Hugo die Kehle auf und als es den Männern seine glühenden Augen und das triefende Maul zuwandte, schrien sie vor Angst und ritten um ihr Leben über das Moor. Dies ist die Geschichte vom Erscheinen des Hundes, der die Familie seit dieser Zeit heimgesucht haben soll: Viele starben eines schlimmen Todes, unerwartet, gewalttätig und mysteriös. Hört auf meinen Rat und meidet das Moor in den finsteren Stunden, wenn die Mächte des Bösen sich erheben.«

Dr. Mortimer hörte auf zu lesen und starrte Mr. Sherlock Holmes an.

»Und, finden Sie die Geschichte nicht interessant?«

»Für jemanden, der Märchen mag, gewiss.«

Sir Charles lag auf dem Bauch, die Arme ausgestreckt, die Finger in die Erde gekrallt, das Gesicht grauenvoll verzerrt.

Die Umstände des Todes

Wenn jemand unter verdächtigen Umständen stirbt, wird ein Gerichtsmediziner hinzugezogen. Gerichtsmediziner besitzen sowohl juristische als auch medizinische Sachkenntnis.

Dr. Mortimer zog eine zusammengefaltete Zeitung aus der Tasche. »Hierin finden Sie einen Bericht über den Tod von Sir Charles Baskerville.«

Die Nachricht vom plötzlichen Tod Sir Charles Baskervilles hat in der Gegend große Bestürzung ausgelöst. Die Umstände seines Ablebens haben sich wie folgt zugetragen: Sir Charles Baskerville besaß die Angewohnheit, jeden Abend in der Eibenallee von Baskerville Hall spazieren zu gehen. Am 4. Juni äußerte Sir Charles die Absicht, am nächsten Tag nach London zu fahren, und brach abends auf zu seinem üblichen Spaziergang. Doch er sollte nie zurückkehren. Um 24 Uhr wurde Barrymore, der Butler, unruhig und machte sich auf die Suche nach seinem Herrn. Da es tagsüber geregnet hatte, waren Sir Charles' Fußspuren deutlich erkennbar. Auf halbem Weg liegt ein Tor, das zum Moor führt, und es gab Hinweise darauf, dass Sir Charles dort eine Weile stehen blieb. Dann ging er weiter die Allee entlang, an deren anderem Ende seine Leiche gefunden wurde. Barrymore sagte aus, die Fußspuren seines Herrn hätten sich verändert, nachdem er das Tor zum Moor passiert hatte, als sei er von dort an auf Zehenspitzen gegangen. An Sir Charles' Leiche wurden keine Spuren von Gewalteinwirkung entdeckt und obwohl in der Aussage des Arztes von einem schier unglaublich verzerrten Gesicht

*die Rede ist, hieß es, es handle sich dabei um ein Symptom,
welches im Falle eines Herzschlags nicht selten vorkomme.
Der nächste Verwandte ist Mr. Henry Baskerville, der Sohn
von Sir Charles Baskervilles jüngerem Bruder. Als man zuletzt
von dem jungen Mann hörte, hielt er sich in Amerika auf.*

»Dies sind die offiziellen Fakten, Mr. Holmes.«

»Dann lassen Sie mich die inoffiziellen hören.«

Er lehnte sich zurück, legte die Fingerspitzen aneinander und
setzte sein Detektivgesicht auf.

»Ich verkehrte häufig mit Sir Charles Baskerville«, sagte Dr.
Mortimer.

»Außer Mr. Frankland von Lafter Hall und Mr. Stapleton, dem
Naturkundler, wohnen dort meilenweit keine gebildeten Männer.
Sir Charles nahm sich die Familienlegende sehr zu Herzen – nichts
hätte ihn dazu bewegt, nachts ins Moor hinauszugehen. Er war
davon überzeugt, dass über seiner Familie ein Fluch lag.

Als ich etwa drei Wochen vor dem furchtbaren Ereignis zu ihm
hinausfuhr, stand er an der Eingangstür und starrte voller Entsetzen
an mir vorbei. Ich fuhr herum und erhaschte einen Blick von einem
Wesen, das ich für ein großes schwarzes Kalb hielt.

Ich selbst habe Sir Charles geraten, nach London zu fahren. Sein
Herz war angegriffen und die ständige Angst, in der er lebte, schadete ernsthaft seiner Gesundheit.

Fußspuren
Eine Fährte verrät Geschlecht,
Alter und Allgemeinzustand
eines Tieres sowie seine
Laufgeschwindigkeit. Die
Informationen, die Holmes
durch die Untersuchung der
Spuren in der Eibenallee
gewinnt, geben ihm Hinweise, die ihm bei der Aufklärung des Falls helfen.

In der Nacht von Sir Charles' Tod schickte Barrymore nach mir. Ich erreichte Baskerville Hall
etwa eine Stunde nach dem Vorfall. Ich folgte den Fußspuren die Eibenallee entlang, und ich sah
die Stelle am Tor zum Moor, wo er scheinbar gewartet hatte. Ich bemerkte die Veränderung der
Fußspuren nach dieser Stelle; ich stellte fest, dass keine anderen Fußspuren außer denen Barrymores zu sehen waren. Sir Charles lag auf dem Bauch, die Arme ausgestreckt, die Finger in die
Erde gekrallt, das Gesicht grauenvoll verzerrt. Aber Barrymores Aussage war in einem Punkt
falsch. Er sagte, es habe keine Fußspuren auf dem Boden rund um die Leiche gegeben. Er hatte
keine bemerkt. Ich schon – ein Stück entfernt zwar, aber frisch und deutlich.«

»Fußspuren?«

»Fußspuren.«

»Eines Mannes oder einer Frau?«

Dr. Mortimers Stimme war kaum hörbar, als er flüsterte:

»Mr. Holmes, sie stammten von einem riesigen Hund!«

Holmes beugte sich aufgeregt nach vorne.

»Das haben Sie gesehen und Sie haben nichts gesagt?«

»Was hätte das genützt?«

»Warum hat denn niemand sonst die Spuren gesehen?«

»Sie waren knapp zwanzig Meter von der Leiche entfernt und niemand machte sich Gedanken darüber.«

»Gibt es viele Hütehunde im Hochmoor?«

»Natürlich, aber das war kein Hütehund.«

»Wie sieht die Allee aus?«

»Zu beiden Seiten wächst eine alte Eibenhecke, vier Meter hoch und undurchdringlich. Der Weg in der Mitte ist etwa drei Meter breit, mit einem Grasstreifen auf beiden Seiten.«

»Und an einer Stelle befindet sich ein Tor?«

»Ja, ein Gittertor, das zum Moor führt; es gibt keinen anderen Durchgang.«

»So dass man, um zur Eibenallee zu gelangen, entweder vom Haus aus oder durch dieses Tor kommen muss?«

Zu beiden Seiten wächst eine alte Eibenhecke, vier Meter hoch und undurchdringlich.

»Es gibt einen Ausgang durch einen Gartenpavillon am anderen Ende. Sir Charles lag knapp fünfzig Meter davon entfernt.«

»Die Spuren, die Sie sahen, waren auf dem Weg und nicht auf dem Gras?«

»Auf dem Gras würden keine Spuren zurückbleiben.«

»Befanden sie sich auf derselben Seite wie das Tor zum Moor?«

»Ja.«

»War das Gittertor geschlossen?«

»Geschlossen und verriegelt.«

»Wie hoch ist es?«

»Ungefähr ein Meter zwanzig.«

»Dann könnte jeder leicht darüber klettern. Welche Spuren sahen Sie am Tor?«

»Da war alles durcheinander. Sir Charles hatte dort offensichtlich fünf oder zehn Minuten gestanden.«

»Woher wissen Sie das?«

»Weil zweimal die Asche von seiner Zigarre heruntergefallen war.«

»Exzellent! Watson, das ist ein Kollege ganz nach unserem Geschmack! Aber die Spuren?«

»Seine Spuren waren überall auf dem schmalen Kiesweg. Ich konnte keine anderen erkennen.«

Die Eibenallee
Oben abgebildet sehen wir die Eibenallee und den Pavillon, an die Sir Arthur Conan Doyle vielleicht beim Schreiben dachte – sie befinden sich am Stonehurst College, wo er zur Schule ging.

Sherlock Holmes schlug sich mit einer ungeduldigen Geste aufs Knie.

»Wenn ich nur dort gewesen wäre! Oh, Dr. Mortimer, warum haben Sie mich nicht rufen lassen?«

»Auf einem Gebiet ist selbst der scharfsinnigste und erfahrenste Detektiv machtlos.«

»Sie meinen, es sei etwas Übernatürliches?«

»Vor diesem schrecklichen Ereignis haben mehrere Leute eine Kreatur im Moor gesehen, die genauso aussah wie der Höllenhund der Legende.«

»Und Sie glauben, das Wesen sei übernatürlich?«

»Ich weiß nicht, was ich glauben soll.«

Holmes zuckte mit den Schultern. »Bisher haben sich meine Ermittlungen auf diese Welt beschränkt. In gewisser Weise habe ich das Böse bekämpft; es jedoch mit dem Vater des Bösen selbst aufzunehmen, wäre vielleicht ein etwas zu ehrgeiziges Unterfangen. Doch Sie müssen zugeben, dass die Spuren ganz wirklich sind.«

»Der Hund in der Legende war wirklich genug, einem Mann die Kehle aufzureißen, und trotzdem war er zugleich teuflisch.«

»Ich sehe schon, Sie tendieren mehr zum Übernatürlichen. Doch nun, Dr. Mortimer, beantworten Sie mir eine Frage: Wenn Sie dieser Meinung sind, warum sind Sie dann überhaupt zu mir gekommen?«

»Damit Sie mir raten, was ich mit Sir Henry Baskerville tun soll, der«, Dr. Mortimer schaute auf die Uhr, »in genau eineinviertel Stunden am Waterloo-Bahnhof ankommen wird.«

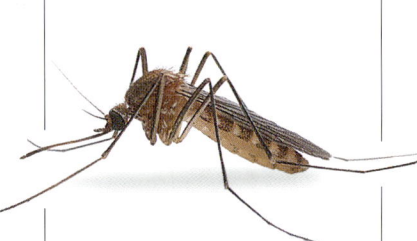

Gelbfieber

Diese Krankheit kommt in heißen Ländern vor und wird durch den Stich weiblicher Moskitos der Spezies *Aedes aegypti* übertragen. Es gibt eine Schutzimpfung, aber kein Heilmittel.

Zigaretten   *Tabaktopf*

Tabak-blatt

Zigarren   *Pfeifen*   *Zigarren-abschneider*

Tabak

Rauchen war in der viktorianischen Zeit bei Männern aller Schichten sehr beliebt und es gab diverses Zubehör. Nikotin, ein Wirkstoff des Tabaks, ist giftig, aber auch anregend. Holmes raucht, um bei einem schwierigen Fall besser nachdenken zu können.

»Ist er der Erbe?«

»Ja. Nach dem Tod von Sir Charles zogen wir über den jungen Mann Erkundigungen ein und fanden heraus, dass er Farmer in Kanada ist.«

»Ich nehme an, es gibt keine weiteren Erben?«

»Nein. Rodger Baskerville, der jüngste der drei Brüder, deren ältester Sir Charles war, erlag in Mittelamerika dem Gelbfieber. Der zweitälteste, der jung starb, war der Vater Henrys, des letzten der Baskervilles. Nun, Mr. Holmes, was soll ich tun?«

»Ich schlage vor, Sir, Sie holen Sir Henry Baskerville vom Bahnhof ab und morgen früh um zehn kommen Sie beide zu mir. Eine Frage noch: Sie sagten, mehrere Leute hätten vor Sir Charles Baskervilles Tod die Erscheinung im Moor gesehen?«

»Ja, insgesamt drei«, antwortete Dr. Mortimer.

»Hat man sie danach noch einmal gesehen?«

»Davon ist mir nichts bekannt.«

»Vielen Dank. Auf Wiedersehen.«

Ich wusste, dass mein Freund in diesen Stunden intensiver Konzentration, in denen er jedes noch so kleine Detail der Beweise abwog, Ruhe und Abgeschiedenheit brauchte. Daher verbrachte ich den Tag in meinem Club und kehrte erst abends zurück.

Als ich die Tür öffnete, drang mir beißender Qualm in die Kehle und ich musste husten. Holmes kauerte im Schlafrock in einem Lehnstuhl, seine schwarze Tonpfeife im Mund.

»Erkältet, Watson?«, fragte er.

»Nein, es liegt an dieser giftigen Atmosphäre!«

»Dann öffnen Sie das Fenster! Ich war in Devonshire, Watson.«

»Im Geiste?«

»Richtig. Mein Körper blieb in diesem Lehnstuhl und konsumierte zwei große Tassen Kaffee und eine unglaubliche Menge Tabak. Ich habe mir von »Stanford's« eine Karte von diesem Teil des Hochmoors bringen lassen.« Er rollte sie auf. »Dies ist das Gebiet, in dem sich die Tragödie abgespielt hat.«

»Es muss eine wilde Gegend sein.«

»Ja, der Schauplatz ist äußerst passend. Was halten Sie von dem Fall? Von dieser Veränderung bei den Fußabdrücken zum Beispiel?«

»Mortimer meinte, der Mann sei auf Zehenspitzen gegangen.«

»Er hat nur wiederholt, was irgendein Narr bei der Befragung sagte. Warum sollte ein Mann auf Zehenspitzen eine Allee entlanggehen? Er rannte, Watson – er rannte um sein Leben.«

»Wovor rannte er davon?«

»Da liegt unser Problem. Wenn wir davon ausgehen, dass der Grund für seine Angst vom Moor her kam, wäre nur ein Verrückter vom Haus weg anstatt darauf zu gerannt. Und warum hat er in der Eibenallee gewartet?«

»Glauben Sie, er wartete auf jemanden?«

»Er war ein älterer Mann und die Nacht war ungemütlich. Warum bleibt er unter diesen Umständen fünf oder zehn Minuten stehen? Es war der Abend vor seiner Abreise nach London. Reichen Sie mir meine Violine. Weitere Überlegungen verschieben wir, bis wir morgen früh mit Dr. Mortimer und Sir Henry Baskerville gesprochen haben.«

Als ich die Tür öffnete, drang mir beißender Qualm in die Kehle.

Spät-viktorianischer Stil
Diese Reiseuhr ist typisch
für die spät-viktorianische
Mode kunstvoller Verzierun-
gen, durch die uns heute die
Welt der Sherlock-Holmes-
Geschichten so faszinierend
erscheint.

SIR HENRY BASKERVILLE,
NORTHUMBERLAND HOTEL

*»Wenn Ihnen Ihr Leben
oder Ihr Verstand
lieb ist halten Sie sich
vom Moor fern«*

as you value your life or your reason keep away from the moor

Kapitel 3

SIR HENRY BASKERVILLE

Die Uhr hatte gerade zehn geschlagen, als Dr. Mortimer eintraf, begleitet vom jungen Baronet, einem lebhaften, kräftigen Mann mit dunklen Augen. »Mr. Sherlock Holmes«, sagte er, »wie ich hörte, lieben Sie Rätsel. Nun – ich habe heute morgen eines bekommen.« Er legte einen Umschlag auf den Tisch. Die Adresse, *SIR HENRY BASKERVILLE, NORTHUMBERLAND HOTEL*, stand in grober Druckschrift darauf. Der Stempel lautete »Charing Cross« und aufgegeben worden war er am vorigen Abend.

»Wer wusste, dass Sie im Northumberland Hotel absteigen würden?«, fragte Holmes.

»Niemand. Wir entschieden es erst, nachdem ich Dr. Mortimer getroffen hatte.« sagte Sir Henry Baskerville.

»Aber Dr. Mortimer hatte sich doch sicher bereits dort einquartiert?«

»Nein, ich habe bei einem Freund übernachtet«, sagte der Doktor.

»Jemand scheint sich sehr für Ihre Schritte zu interessieren.« Aus dem Umschlag zog er ein Stück Papier, auf dem nur ein einziger Satz zu lesen war, der aus aufgeklebten, gedruckten Wörtern bestand:

»Dürfte ich Sie um Ihre *Times* von gestern bitten, Watson?« Holmes überflog sie rasch. Sein Blick wanderte die Spalten auf und ab. »Hier, der Leitartikel über Freihandel: *Wenn Sie glauben, der Wert unseres Handels und unserer Industrie würde durch einen Schutzzoll erhöht, muss Ihnen doch Ihr Verstand sagen, dass diese Politik auf Dauer den Wohlstand von unserem Land fernhalten wird und sich die Lebensbedingungen in unserer lieben Heimat verschlechtern werden. Was sagen Sie dazu, Watson?«*

Sir Henry Baskerville warf mir einen fragenden Blick zu. »Ich weiß nicht viel über den Zoll, aber mir scheint, als seien wir, was den Brief betrifft, ein wenig vom Thema abgekommen.«

»Ganz im Gegenteil, wir sind auf einer heißen Spur, Sir Henry! Watson weiß mehr über meine Methoden als Sie, aber ich befürchte, dass auch er die Bedeutung dieses Satzes nicht erfasst hat.«

»Nein, ich gestehe, dass ich keinen Zusammenhang erkenne.«

»Und doch, mein lieber Watson, gibt es einen so engen Zusammenhang, dass das eine aus dem anderen hervorgegangen ist. ›Sie‹, ›Ihr‹, ›Leben‹, ›Verstand‹, ›fernhalten‹, ›vom‹. Erkennen Sie jetzt, woher diese Wörter stammen?«

»Wirklich, Mr. Holmes, dies übertrifft meine kühnsten Erwartungen«, sagte Dr. Mortimer. »Wie haben Sie das gemacht?«

»Das Erkennen von Schrifttypen gehört zum grundlegenden Wissen eines Verbrechensexperten. Die *Times*-Typen sind besonders charakteristisch; die Wörter konnten nur aus dieser Zeitung kommen. Da die Nachricht von gestern stammte, war es höchst wahrscheinlich, dass wir die Wörter in der gestrigen Ausgabe finden würden.«

»Aber warum«, fragte Sir Henry Baskerville, »wurde das Wort Moor mit der Hand geschrieben?«

»Weil er es gedruckt nicht gefunden hat.«

»Das ist eine Erklärung. Können Sie der Nachricht sonst noch etwas entnehmen, Mr. Holmes?«

»Die Adresse wurde in ungelenken Druckbuchstaben geschrieben, obwohl die *Times* normalerweise nur von gebildeten Leuten gelesen wird. Also wurde der Brief von einem gebildeten Mann geschrieben, der ungebildet erscheinen wollte. Der Versuch, seine eigene Schrift zu verstellen, lässt die Vermutung zu, dass seine Schrift Ihnen bekannt ist oder bekannt werden wird. Zudem bin ich fast sicher, dass der Brief in einem Hotel verfasst wurde. Sowohl Feder als auch Tinte bereiteten dem Absender Schwierigkeiten. Die Feder kleckste zweimal in einem Wort und trocknete dreimal aus, was zeigt, dass wenig Tinte im Fass war. Eigene Federn und Tintenfässer sind selten in solch schlechtem Zustand, und schon gar nicht alle beide. Doch in Hotels findet man kaum Besseres. Nanu, was ist denn das?« Er hielt sich das Papier dicht vor die Augen und untersuchte es genau.

»Und?«

»Nichts«, sagte er und warf es hin. »Ein weißes Blatt Papier, sogar ohne Wasserzeichen. Und, Sir Henry, haben Sie sonst noch etwas Interessantes erlebt, seit Sie in London sind?«

Sir Henry lächelte. »Ich hoffe, es ist hier nicht Sitte, einen seiner nagelneuen Stiefel zu verlieren. Ich stellte sie gestern Abend vor die Tür und heute Morgen war nur noch einer da.«

Morgenrock
Der Morgenrock war ein wichtiger Teil von Holmes' Image. Er zeigte, dass er finanziell unabhängig war (er konnte den ganzen Tag in seiner Wohnung verbringen) und zudem leicht exzentrisch.

»Wenn Sie sie noch nie getragen hatten, warum stellten Sie sie dann zum Putzen hinaus?«

»Es waren hellbraune Stiefel, die noch eingefettet werden mussten. Ich habe viel eingekauft. Wissen Sie, wenn ich Landjunker werde, muss ich entsprechend gekleidet sein.«

»Dieser Diebstahl scheint so sinnlos«, bemerkte Sherlock Holmes. »Doch nun müssen wir überlegen, Sir Henry, ob es wirklich ratsam für Sie ist, nach Baskerville Hall zu fahren.«

»Niemand wird mich davon abhalten, zum Stammsitz meiner Familie zurückzukehren!« Seine Augenbrauen zogen sich zusammen und sein Gesicht lief rot an. Offensichtlich war das hitzige Temperament der Baskervilles in ihrem letzten Vertreter noch lebendig. »Bis dahin bleibe ich in meinem Hotel. Dürfen wir Sie und Dr. Watson um zwei Uhr zum Lunch erwarten?«

»Wir werden da sein. Bis später!«

Unsere Besucher verließen uns und schlugen die Haustür hinter sich zu. Holmes erwachte aus seiner träumerischen Haltung und wurde aktiv.

»Ihren Hut und Ihre Stiefel, Watson, rasch!« Er rannte im Morgenmantel in sein Zimmer und kam innerhalb weniger Sekunden im Gehrock wieder heraus.

Wir eilten die Treppe hinunter und hinaus auf die Straße.

Dr. Mortimer und Baskerville waren noch in Sichtweite.

»Soll ich losrennen und sie aufhalten?«

»Auf keinen Fall, mein lieber Watson.«

Er beschleunigte seine Schritte. Unsere Freunde blieben vor einem Schaufenster stehen. Eine Hansom-Droschke hielt auf der anderen Straßenseite und fuhr dann weiter.

»Das ist unser Mann, Watson! Kommen Sie!«

Ich sah einen buschigen schwarzen Bart und Augen, die uns mit stechendem Blick durch das Seitenfenster der Kutsche anstarrten. Dann rief der Fahrgast dem Kutscher etwas zu und die Droschke raste davon. Holmes rannte ihr hinterher, aber es war vergebens.

»Wer war dieser Mann – ein Spion?«

»Offensichtlich wird Baskerville von jemandem beschattet, seit er hier ist!«

»Wie schade, dass wir die Nummer der Droschke nicht haben!«

»Mein lieber Watson, es war Nummer 2704. Konnten Sie sein Gesicht erkennen?«

»Nur den Bart.«

»Ich auch – ich könnte schwören, dass es ein falscher war.«

Er betrat ein Büro der Expressbotengesellschaft, in dem ein vierzehnjähriger Junge stand.

»Nun, Cartwright, es gibt dreiundzwanzig Hotels im Stadtteil Charing Cross. Gehe zu allen hin und frage nach dem Papiermüll von gestern. Du suchst das Mittelblatt der *Times*, aus dem mit einer Schere etwas ausgeschnitten wurde. Telegrafiere mir noch vor heute Abend einen Bericht in die Baker Street.«

»Sir Henry Baskerville erwartet Sie oben«, sagte der Portier, als wir das Northumberland Hotel erreichten.

Landjunker
Der Titel »Landjunker« wird vom Vater auf den Sohn vererbt. Ein Landjunker ist der größte Grundbesitzer in einem ländlichen Gebiet. Vor dem 19. Jh. herrschte er auch über die Landbevölkerung.

Verkehrsmittel
Ende des 19. Jh.s war das Automobil gerade erst erfunden worden. Als Taxen dienten Hansom-Pferdedroschken (oben). Sir Arthur Conan Doyle wurde 1903 einer der ersten Autofahrer auf Englands Straßen.

Ich sah einen buschigen schwarzen Bart und Augen, die uns mit stechendem Blick durch das Seitenfenster der Kutsche anstarrten.

»Darf ich einen Blick auf Ihr Gästebuch werfen?«, fragte Holmes.

Nach Baskerville waren zwei Namen eingetragen. Einer lautete Theophilus Johnson, der andere Mrs. Oldmore.

»Das muss Johnson, mein Bekannter, sein«, sagte Holmes, »ein Rechtsanwalt mit grauem Haar, der ein bisschen hinkt?«

»Nein Sir, es ist Mr. Johnson, der Bergwerksbesitzer, ein sehr rüstiger Gentleman. Er steigt seit Jahren in diesem Hotel ab.«

»An Mrs. Oldmore kann ich mich, glaube ich, auch erinnern.«

»Eine kränkliche Dame, die stets bei uns wohnt.«

»Vielen Dank, dann kenne ich sie wohl doch nicht. Wir haben etwas sehr Wichtiges herausgefunden, Watson«, fuhr er in gedämpftem Ton fort, als wir hinaufgingen. »Wir wissen jetzt, dass die Leute, die sich so sehr für unseren Freund interessieren, nicht in diesem Hotel wohnen. Das heißt, dass sie ihn zwar beobachten, aber nicht von ihm gesehen werden wollen. Dies lässt darauf schließen – hallo, mein Freund, was ist denn los?«

Vor uns stand ein aufgeregter Sir Henry Baskerville, der einen alten, schmutzigen Stiefel in der Hand hielt.

»Suchen Sie noch immer Ihren Schuh?«, fragte Holmes.

»Ja, Sir, und ich werde ihn finden.«

»Aber Sie sagten doch, es sei ein neuer brauner Stiefel?«

»So war es, Sir. Und jetzt ist es ein alter schwarzer. Letzte Nacht hat man mir einen braunen weggenommen und heute einen schwarzen. Es ist das Verrückteste und Sonderbarste, das ich je erlebt habe.«

»Das Sonderbarste vielleicht«, sagte Holmes nachdenklich.

Nach dem Lunch äußerte Sir Henry die Absicht, Ende der Woche nach Baskerville Hall zu fahren.

»Das ist eine weise Entscheidung«, sagte Holmes. »Wussten Sie, Dr. Mortimer, dass Sie heute verfolgt wurden?«

Dr. Mortimer erschrak. »Von wem denn?«

»Das kann ich Ihnen nicht sagen. Befindet sich unter Ihren Bekannten in Dartmoor ein Mann mit einem schwarzen Vollbart?«

»Nein – oder doch, ja. Barrymore, Sir Charles' Butler in Baskerville Hall hat einen schwarzen Vollbart.«

»Wir müssen ein Telegramm an ihn persönlich senden und die Antwort abwarten. Dann werden wir noch vor heute Abend wissen, ob Barrymore in Devonshire ist oder nicht. Hat Barrymore von Sir Charles' Testament profitiert?«

»Er und seine Frau erhielten je fünfhundert Pfund. Ich hoffe«, fuhr Dr. Mortimer fort, »Sie verdächtigen nicht jeden von Sir Charles' Begünstigten, denn er hinterließ mir ebenfalls tausend Pfund.«

»Tatsächlich!«, sagte Holmes. »Und sonst noch jemandem?«

»Den Rest des Nachlasses, siebenhundertvierzigtausend Pfund, erbt Sir Henry.«

Holmes zog die Augenbrauen hoch. »Eine Summe, die zu einem verzweifelten Spiel verleiten könnte. Eine Frage noch, Dr. Mortimer: Angenommen, unserem jungen Freund hier würde etwas geschehen – wer würde den Nachlass erben?«

»Der Nachlass würde an einen entfernten Cousin gehen.«

»Und, haben Sie Ihr Testament schon gemacht, Sir Henry?«

»Noch nicht – ich erfuhr erst gestern, wie die Dinge stehen.«

»Nun, Sir Henry, ich finde auch, dass Sie sich unverzüglich nach Devonshire begeben sollten, aber nur in Begleitung.«

Holmes legte die Hand auf meinen Arm und ich sagte: »Das tue ich gerne.«

Wir wollten gerade gehen, als Baskerville einen Schrei ausstieß und unter einem Schrank einen Stiefel hervorzog.

»Mein brauner Stiefel!«, rief er.

»Mögen all Ihre Probleme so leicht zu lösen sein!«, sagte Holmes.

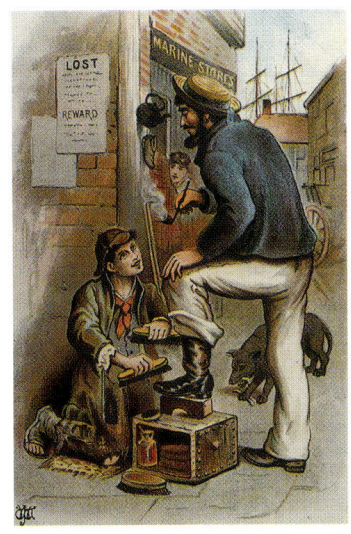

Schuhputzerjunge
Hotelgäste stellten abends ihre Stiefel vor die Tür, um sie vom Schuhputzerjungen reinigen zu lassen, einem Kind von manchmal erst zehn Jahren.

Ein Schuhputzerjunge in den Liverpooler Docks, 1895

Telegraf
Dieser Telegraf verwandelte Schriftzeichen in elektrische Signale und übermittelte sie per Kabel. Am anderen Ende wurden die Signale in Worte rückübersetzt und die Botschaft überbracht.

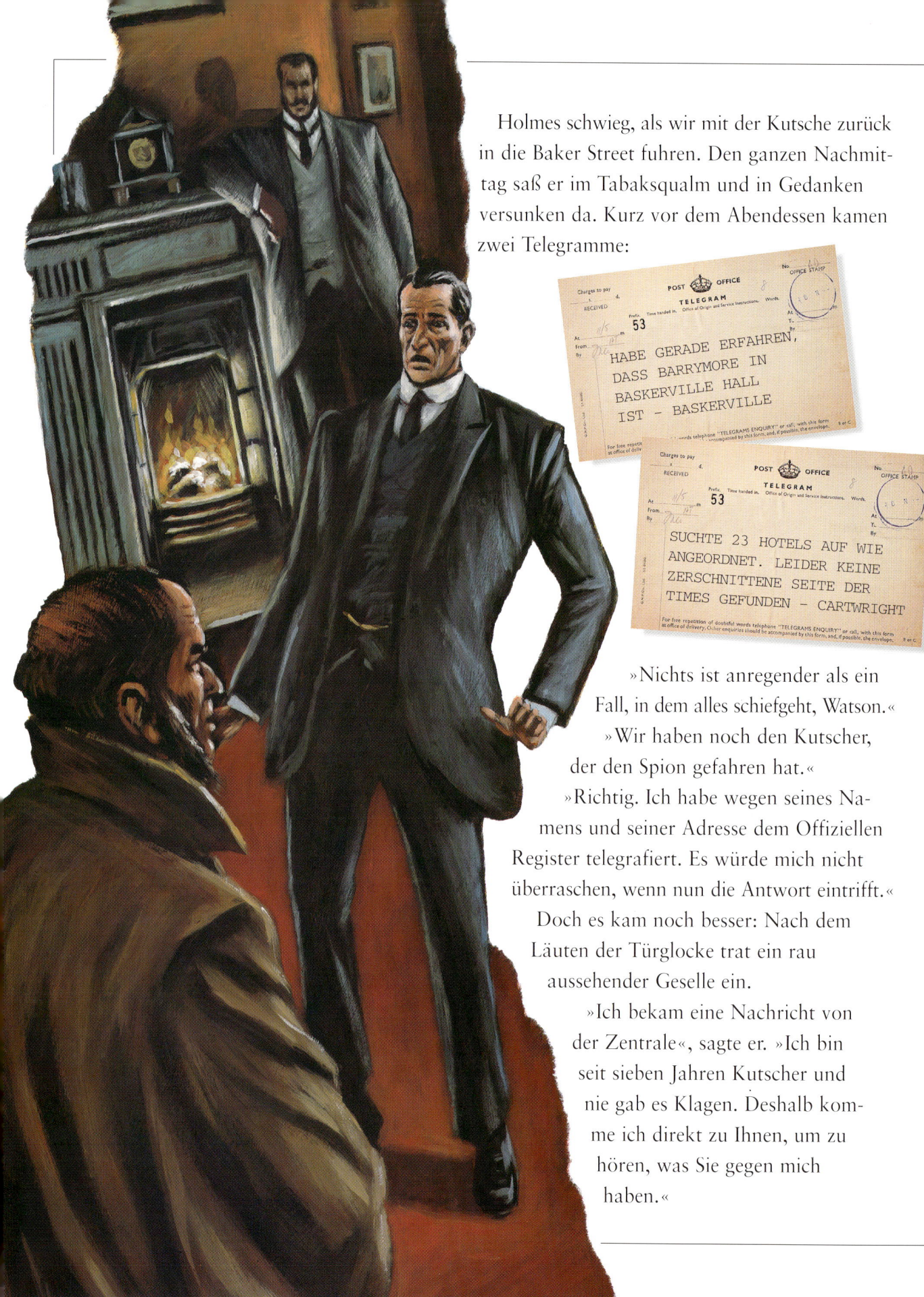

Holmes schwieg, als wir mit der Kutsche zurück in die Baker Street fuhren. Den ganzen Nachmittag saß er im Tabaksqualm und in Gedanken versunken da. Kurz vor dem Abendessen kamen zwei Telegramme:

HABE GERADE ERFAHREN, DASS BARRYMORE IN BASKERVILLE HALL IST – BASKERVILLE

SUCHTE 23 HOTELS AUF WIE ANGEORDNET. LEIDER KEINE ZERSCHNITTENE SEITE DER TIMES GEFUNDEN – CARTWRIGHT

»Nichts ist anregender als ein Fall, in dem alles schiefgeht, Watson.«
»Wir haben noch den Kutscher, der den Spion gefahren hat.«
»Richtig. Ich habe wegen seines Namens und seiner Adresse dem Offiziellen Register telegrafiert. Es würde mich nicht überraschen, wenn nun die Antwort eintrifft.«
Doch es kam noch besser: Nach dem Läuten der Türglocke trat ein rau aussehender Geselle ein.
»Ich bekam eine Nachricht von der Zentrale«, sagte er. »Ich bin seit sieben Jahren Kutscher und nie gab es Klagen. Deshalb komme ich direkt zu Ihnen, um zu hören, was Sie gegen mich haben.«

»Aber ich habe gar nichts gegen Sie, guter Mann. Im Gegenteil, ich habe einen halben Sovereign für Sie, wenn Sie mir meine Fragen beantworten. Erzählen Sie mir von dem Fahrgast, der heute Morgen dieses Haus beobachtet hat und dann zwei Gentlemen die Regent Street entlang gefolgt ist.«

Der Mann sah überrascht und ein wenig beschämt aus. »Der Gentleman sagte mir, er sei ein Detektiv und ich solle niemandem etwas über ihn verraten.«

»Guter Mann, es könnte recht unangenehm für Sie werden, wenn Sie versuchen, etwas vor mir zur verbergen. Sagte er sonst noch etwas?«

»Er nannte seinen Namen.«

Holmes warf mir einen triumphierenden Blick zu.

»Oh, er nannte seinen Namen? Und wie lautet der?«

»Sein Name«, sagte der Kutscher, »war Sherlock Holmes.«

Nie habe ich meinen Freund verblüffter gesehen als bei dieser Antwort. Einen Moment lang saß er in stummem Erstaunen da. Dann brach er in herzliches Lachen aus.

»Das hat Stil, Watson – das hat zweifellos Stil!«, sagte er. »Also sein Name war Sherlock Holmes, richtig? Exzellent! Berichten Sie mir alles, was geschehen ist.«

»Er stieg am Trafalgar Square ein und bot mir zwei Guineas an, wenn ich täte, was er wollte, und keine Fragen stellte. Erst fuhren wir zum Northumberland Hotel und warteten dort, bis zwei Gentlemen herauskamen und eine Droschke nahmen. Wir verfolgten sie bis hierher, warteten, bis die beiden Männer wiederkamen, folgten ihnen die Baker Street hinunter und dann …«

»Ich weiß«, sagte Holmes.

»Bis wir zu drei Vierteln die Regent Street passiert hatten. Dann rief er, ich solle zum Waterloo-Bahnhof fahren. Wir waren in zehn Minuten dort, und weg war er.«

»Und wie würden Sie Mr. Sherlock Holmes beschreiben?«

Der Kutscher kratzte sich am Kopf. »Ungefähr vierzig und mittelgroß. Er war gekleidet wie ein eitler Fatzke, hatte einen schwarzen Bart und ein bleiches Gesicht. Mehr weiß ich nicht.«

»Nun denn, hier ist Ihr halber Sovereign. Sie bekommen noch einen, falls Sie weitere Informationen für mich haben. Auf Wiedersehen!«

»Auf Wiedersehen, Sir, und vielen Dank!«

Holmes wandte sich mir mit einem reumütigen Lächeln zu. »Dieser schlaue Fuchs! Man hat mich in London schachmatt gesetzt. Ihnen kann ich nur mehr Glück in Devonshire wünschen. Aber ich schicke Sie nicht leichten Herzens dorthin. Es ist eine böse Sache! Auf mein Wort: Ich werde sehr froh sein, wenn Sie heil und gesund in die Baker Street zurückgekehrt sind.«

Shilling

Halber Sovereign

Sovereign = 1 Pfund Sterling

Zahlungsmittel
Eine »Guinea« war 1 Pfund und 1 Shilling wert. Nach 1813 wurden solche Münzen zwar nicht mehr geprägt, der Ausdruck »Guinea« war jedoch noch lange üblich.

Kapitel 4

BASKERVILLE HALL

Sir Henry Baskerville und Dr. Mortimer waren am verabredeten Tag reisefertig und wir brachen auf nach Devonshire. Zum Abschied gab mir Mr. Sherlock Holmes letzte Ratschläge.

»Ich will Sie nicht durch Vermutungen beeinflussen, Watson«, sagte er. »Berichten Sie einfach die Fakten so ausführlich wie möglich und überlassen Sie mir das Theoretisieren.«

»Ich werde mein Bestes tun.«

»Nun, auf Wiedersehen«, sagte er, als der Zug bereits anfuhr. »Sir Henry, beherzigen Sie den Rat aus der alten Legende und meiden Sie das Moor in den finsteren Stunden, wenn die Mächte des Bösen sich erheben.«

Princetown
Dieses Gefängnis wurde 1802 im westlichen Dartmoor erbaut, um während der Napoleon-Kriege französische Häftlinge unterzubringen. Später wurde es Englands bekanntestes Gefängnis für Langzeitgefangene.

Ich blickte zurück zum Bahnsteig, als wir schon weit weg waren, und sah die hoch gewachsene Gestalt meines Freundes, der reglos dastand und uns hinterherschaute.

Die Reise verlief rasch und angenehm. Der junge Baskerville schaute gespannt hinaus auf die Landschaft von Devonshire.

»Jetzt können Sie schon das Hochmoor sehen«, sagte Dr. Mortimer. Am Horizont erhob sich ein grauer, melancholischer Hügel mit einem seltsam zerklüfteten Gipfel, verschwommen und vage in der Ferne, wie eine fantastische Traumlandschaft. Lange Zeit saß Baskerville da und starrte sie an.

Der Zug fuhr ein. Ein Jagdwagen wartete und ein paar Minuten später ging es in schneller Fahrt die weiße Straße entlang.

Zwei schmale, hohe Türme ragten empor. »Baskerville Hall«, sagte der Kutscher.

Im Hintergrund der friedlichen, sonnigen Landschaft hob sich die geschwungene, düstere Silhouette des Hochmoors vor dem Abendhimmel ab.

»Hallo!«, rief Dr. Mortimer. »Was ist denn das?«

Auf dem Gipfel einer heidekrautbewachsenen Anhöhe stand ein berittener Soldat, das Gewehr über dem Arm.

»Aus Princetown ist ein Gefangener ausgebrochen, Sir«, sagte unser Fahrer. »Selden, der Mörder von Notting Hill.«

Ich erinnerte mich gut an den Fall, wegen der Grausamkeit des Verbrechens. Irgendwo in der einsamen Ebene verbarg sich dieser teuflische Mörder in einer Höhle wie ein wildes Tier.

Die Landschaft vor uns wurde öder und wilder. Plötzlich blickten wir auf eine muldenförmige Senke, bewachsen mit verkrüppelten Eichen und Fichten, die von den wütenden Stürmen vieler Jahre ganz gebeugt waren. Zwei schmale, hohe Türme ragten empor.

»Baskerville Hall«, sagte der Kutscher.

Sir Henry hatte sich erhoben und starrte es mit roten Wangen und leuchtenden Augen an.

Schwarzer Felsenturm, Dartmoor

Granitfelsentürme
Felsentürme sind typisch für das Dartmoor – Granitformationen, die übrig blieben, nachdem weicheres Gestein von Wind und Wetter abgetragen wurde.

Das Personal

Ein großes Haus wie Baskerville Hall erforderte zahlreiche Bedienstete. In Baskerville Hall gibt es jedoch nur wenige: einen Butler, eine Verwalterin, ein oder zwei Dienstmädchen und einen Küchenjungen.

Ein viktorianisches Dienstmädchen

Ein paar Minuten später erreichten wir das Eingangstor. Baskerville erschauerte, als er am Ende der langen, dunklen Auffahrt das Haus geisterhaft schimmern sah.

»War es hier?«, fragte er leise.

»Nein, die Eibenallee ist auf der anderen Seite.«

Der Weg mündete in einer weiten Rasenfläche. Vor uns lag das Haus. Im Dämmerlicht erkannte ich ein großes Gebäude mit einem überdachten Vorbau. Die ganze Front war mit Efeu bewachsen. Die beiden Türme ragten vom Mittelteil empor.

»Willkommen, Sir Henry! Willkommen in Baskerville Hall!«

Ein großer Mann war aus dem Schatten des Portals getreten und öffnete die Kutschentür. Die Gestalt einer Frau hob sich vor dem gelben Lichtschein der Eingangshalle ab.

»Sie sind mir doch nicht böse, wenn ich direkt nach Hause fahre?«, fragte Dr. Mortimer.

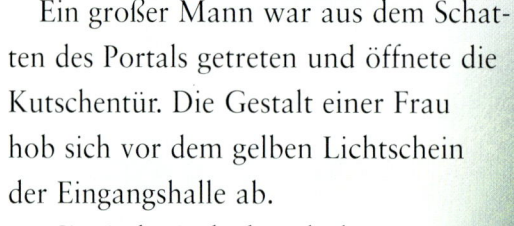

»Barrymore wird Ihnen das Haus besser zeigen können als ich. Auf Wiedersehen, und lassen Sie mich rufen, wann immer ich Ihnen behilflich sein kann.«

Das Rollen der Räder entfernte sich, während Sir Henry und ich die Eingangshalle betraten. Ein schöner Raum – hoch, weit und üppig verkleidet mit altersschwarzem Eichenholz.

Barrymore, der das Gepäck in unsere Zimmer gebracht hatte, kehrte zurück. »Meine Frau und ich bleiben gerne bei Ihnen, Sir, bis Sie neue Arrangements getroffen haben.«

»Meinen Sie damit, dass Sie und Ihre Frau kündigen wollen?«

»Nur, wenn es Ihnen recht ist, Sir.«

»Aber ist Ihre Familie denn nicht schon seit Generationen bei uns? Es täte mir Leid, wenn ich mein Leben hier damit beginnen würde, mit einer alten Familientradition zu brechen.«

»Meiner Frau und mir tut es gleichfalls Leid. Doch wir beide standen Sir Charles sehr nahe. Sein Tod hat uns tief getroffen und macht diese Umgebung sehr schmerzlich für uns.«

»Aber was haben Sie vor?«

»Ich zweifle nicht daran, Sir, dass es uns gelingen wird, in einem neuen Beruf Fuß zu fassen. Durch Sir Charles' Großzügigkeit verfügen wir über die nötigen Mittel. Und nun, Sir, werde ich Ihnen am besten Ihre Zimmer zeigen.«

In dieser Nacht konnte ich trotz meiner Müdigkeit kein Auge zutun. Plötzlich hörte ich ein Geräusch, deutlich und unverkennbar: das Schluchzen einer Frau, erfüllt von untröstlichem Kummer. Ich setzte mich im Bett auf und lauschte aufmerksam, hörte aber kein anderes Geräusch mehr als das Schlagen der Uhr und das Rascheln des Efeus.

Im Dämmerlicht sah ich ein großes Gebäude mit einem überdachten Vorbau.

Schmetterlingsjagd
In viktorianischer Zeit gab es viele Amateur-Naturkundler, die heimische Tiere und Pflanzen klassifizierten. Schmetterlingssammler nennt man Lepidopterologen.

Beim Frühstück am nächsten Morgen fragte ich Sir Henry, ob er in der Nacht das Schluchzen einer Frau gehört habe.

»Ich war schon im Halbschlaf, da glaubte ich, etwas Derartiges zu hören«, sagte er. Er fragte Barrymore nach einer Erklärung.

»Es sind nur zwei Frauen im Haus, Sir Henry«, antwortete er. »Das Küchenmädchen, das im anderen Flügel schläft, und meine Frau, von der dieses Geräusch nicht stammte.«

Doch er log, denn nach dem Frühstück traf ich Mrs. Barrymore, deren Augen ganz gerötet waren. Also hatte sie in der Nacht geweint und ihr Mann musste es wissen. War es Barrymore, den wir in der Kutsche gesehen hatten? Ich entschloss mich, den Postmeister in Grimpen aufzusuchen und zu fragen, ob unser Telegramm Barrymore persönlich übergeben worden war.

Es war ein angenehmer Spaziergang am Moor entlang zum Haus des Postmeisters.

»Haben Sie Barrymore gesehen, als Sie das Telegramm abgaben?«, fragte ich den Postmeister.

»Nein, Sir. Ich gab es Mrs. Barrymore.« Plötzlich hörte ich, wie jemand angerannt kam, und erblickte einen kleinen, dünnen Mann mit einer Botanisiertrommel über der Schulter und einem grünen Schmetterlingsnetz in der Hand.

»Entschuldigen Sie, Dr. Watson«, sagte er, »vielleicht hat Ihnen
Dr. Mortimer von mir erzählt. Ich bin Mr. Stapleton von Merripit House. Ich war bei Mortimer
und er zeigte Sie mir vom Fenster aus, als Sie vorbeigingen. Ich hoffe, Sir Henry hat die Reise
gut überstanden? Wir befürchteten schon, er wolle nach dem traurigen Tod von Sir Charles gar
nicht hier leben. Kennen Sie die Legende von dem Höllenhund, der die Familie heimsucht?«

»Ich habe davon gehört.«

»Der Fluch hat Sir Charles stark beschäftigt und ich zweifle nicht, dass er zu seinem tragi-
schen Ende führte. Sicherlich hat er in jener Nacht etwas gesehen. Ich habe immer ein Unglück
befürchtet, denn von Mortimer wusste ich, dass er ein schwaches Herz hatte.«

»Sie glauben also, ein Hund habe Sir Charles verfolgt und er sei vor Angst gestorben?«

»Hat Mr. Sherlock Holmes eine bessere Erklärung?« Seine Worte verschlugen mir den
Atem. »Es wäre töricht, so zu tun, als würden wir Sie nicht kennen, Dr. Watson«, sagte er.

»Wenn Sie hier sind, heißt das, dass sich Mr. Holmes persönlich für die Sache interes-
siert. Es ist nur ein kurzer Spaziergang bis nach Merripit House. Möchten Sie mich
begleiten und meine Schwester kennen lernen?«

Wir gingen gemeinsam den Moorpfad entlang.

»Das Moor ist ein wunderbarer Ort«, sagte er und blickte über die
welligen Hügel. »Sie können sich nicht vorstellen, welch wunderbare
Geheimnisse es birgt. Es ist so weit, so leer und so geheimnisvoll!«

»Kennen Sie es denn gut?«

»Ich bin erst seit zwei Jahren hier. Aber meine Neigungen ließen
mich jeden Winkel erforschen – es gibt ein, zwei Wege, die man
benutzen kann. Dort findet man die seltensten Pflanzen und Schmetterlinge. Sehen Sie die Ebene im Norden? Das ist der große Grimpen-Sumpf. Ein falscher Schritt bedeutet den sicheren Tod.
Erst gestern sah ich, wie ein Pony hineingeriet. O Gott, schon
wieder so ein unglückliches Geschöpf!« Etwas Braunes wälzte
sich zwischen den grünen Binsen. Ein verzweifeltes Winden, und die
Kreatur war verschwunden. Ein langes, dumpfes Stöhnen schallte
über das Moor. Ich blickte mich um, das Herz kalt vor Angst.

»Die Bauern sagen, das sei der Hund von Baskerville, der seine
Opfer ruft«, sagte Stapleton.

Das Dartmoor-Pony
Noch heute leben halbwilde
Ponys im Dartmoor, doch
sie haben sich stark ver-
ändert, da sie sich mit
anderen Pferden kreuzten.
Hauptmerkmal des Dart-
moor-Ponys war seine
Widerstandsfähigkeit
gegen Nässe und Kälte.

Die arme Bevölkerung
Im 8. und 9. Jh. arbeitete die Bevölkerung für den Gutsherrn und erhielt dafür ein Stück Land zur eigenen Nutzung. Bis ins 19. Jh. hinein verließen sich »die armen Leute« auf den örtlichen Großgrundbesitzer als Arbeitgeber.

Ein Falter flatterte vorbei und augenblicklich machte sich Stapleton auf die Jagd. Das Tier flog genau auf den großen Sumpf zu, doch mein Bekannter hielt nicht inne, sondern sprang hinter ihm her und schwenkte sein grünes Netz.

Ich hörte Schritte und erblickte eine Frau neben mir auf dem Weg. »Fahren Sie zurück!«, sagte sie. »Kehren Sie sofort zurück nach London!«

Erstaunt starrte ich sie an. »Warum sollte ich zurückkehren?«

»Ich kann es Ihnen nicht erklären, aber tun Sie um Gottes Willen, was ich sage. Still, mein Bruder kommt!«

»Hallo, Beryl!«, sagte er, und seine Stimme klang nicht gerade herzlich. »Ihr habt euch schon bekannt gemacht, wie ich sehe.«

»Ja, ich sagte gerade zu Sir Henry, es sei recht spät im Jahr, um die wahre Schönheit des Moors zu entdecken.«

»Aber mein Name ist Dr. Watson!«, sagte ich.

Vor Ärger lief sie rot an. »Das war dann wohl ein Missverständnis. Aber Sie kommen doch mit uns, nicht wahr, und schauen sich Merripit House an?«

Ein kurzer Spaziergang brachte uns zu einem trostlosen Heidemoor-Haus. Ich fragte mich, was diesen hochgebildeten Mann und diese schöne Frau wohl bewog, an diesem Ort zu leben.

»Ein kurioser Ort, den wir uns ausgesucht haben«, sagte er. »Und trotzdem sind wir hier glücklich, nicht wahr, Beryl?«

»Ja, recht glücklich«, sagte sie, doch ihre Worte klangen nicht überzeugend.

»Ich hatte eine Schule im Norden«, sagte Stapleton. »Aber drei Jungen starben an einer Epidemie. Die Schule hat sich nie von dem Schlag erholt und verschlang einen großen Teil meines Kapitals. Hier finde ich ein grenzenloses Arbeitsgebiet und auch meine Schwester liebt die Natur. Wir haben unsere Bücher, unsere Studien und interessante Nachbarn. Dr. Mortimer ist ein sehr gelehrter Mann. Der arme Sir Charles war ebenfalls ein großartiger Mensch. Wir haben ihn gut gekannt und vermissen ihn wirklich sehr. Würden Sie es für aufdringlich halten, wenn ich Sir Henry meine Aufwartung machte?«

»Ich bin sicher, er wäre sehr erfreut.«

Ich widerstand allen Aufforderungen zum Lunch zu bleiben, denn ich hatte es eilig, zu meiner Aufgabe zurückzukehren. Ich machte mich sofort auf den Weg und folgte dem grasbewachsenen Pfad, auf dem wir gekommen waren. Doch zu meinem Erstaunen sah ich, noch bevor ich die Straße erreicht hatte, Miss Stapleton auf einem Stein am Wegrand sitzen.

»Ich wollte mich für meinen dummen Fehler entschuldigen, dass ich Sie für Sir Henry hielt«, sagte sie. »Bitte vergessen Sie meine Worte.«

»Aber wie kann ich sie vergessen, Miss Stapleton?«, erwiderte ich. »Ich bin ein Freund von Sir Henry und sein Wohlergehen liegt mir sehr am Herzen. Erzählen Sie mir, warum Sie darauf bestanden haben, dass Sir Henry nach London zurückkehrt.«

Mit kühlem Blick antwortete sie mir: »Sie sollten das nicht überbewerten, Dr. Watson. Der Tod von Sir Charles hat meinen Bruder und mich tief erschüttert. Wir waren eng mit ihm befreundet, denn sein Lieblingsspaziergang führte über das Moor zu unserem Haus. Der Fluch, der über seiner Familie liegt, bewegte ihn stark, und nach der Tragödie spürte ich, dass es Gründe für die Ängste geben musste, die er geäußert hatte. Ich machte mir Sorgen, als nun ein anderes Familienmitglied hierher zog, und glaubte, vor der Gefahr warnen zu müssen.«

»Doch worin besteht die Gefahr?«

»Kennen Sie die Geschichte von dem Hund?«

»Ich glaube nicht an solchen Unsinn.«

»Aber ich. Wenn Sie einen Einfluss auf Sir Henry haben, dann bringen Sie ihn fort von hier.«

»Wenn Sie nichts anderes sagen wollten als das, warum durfte Ihr Bruder Sie dann nicht hören?«

»Mein Bruder will unbedingt, dass das Schloss bewohnt ist, weil er glaubt, es sei gut für die armen Leute im Moor. Er wäre sehr böse, wenn er wüsste, dass ich Sir Henry zum Fortgehen bewegen wollte. Aber ich muss zurück, sonst vermisst er mich und wird vermuten, dass ich Sie getroffen habe. Auf Wiedersehen!«

Sie ging zurück, während ich, die Seele von einer unbestimmten Furcht erfüllt, meinen Weg nach Baskerville Hall fortsetzte.

Miss Stapleton saß auf einem Stein am Wegrand.

Kapitel 5

DR. WATSON BERICHTET

Baskerville Hall, 13. Oktober

Mein lieber Holmes,

in meinen vorigen Briefen habe ich Ihnen von allen Geschehnissen berichtet. Es gibt Gründe zur Annahme, dass der entflohene Sträfling entkommen ist. Ich mache mir gelegentlich Sorgen über die Stapletons, die meilenweit entfernt von jeglicher Hilfe wohnen. In den Händen eines skrupellosen Kerls wie dem Notting-Hill-Mörder wären sie verloren.

Stapleton kam hinüber, um Baskerville seine Aufwartung zu machen, und nahm uns beide mit zu der Stelle, an der die Legende vom bösen Hugo ihren Ursprung haben soll. Wir kamen an ein kleines Tal zwischen schroffen Felsen, das zu einer offenen Grasfläche führte. In der Mitte erheben sich zwei große Steine, verwittert und nach oben spitz zulaufend, sodass sie wie die Fangzähne eines monströsen Tieres aussehen. Sir Henry fragte Stapleton, ob er an übernatürliche Mächte glaube. Stapleton antwortete zurückhaltend, erzählte uns aber von ähnlichen Fällen, in denen Familien unter einem Fluch litten, und hinterließ so den Eindruck, als teile er den verbreiteten Glauben daran.

Auf dem Rückweg blieben wir zum Lunch in Merripit House und Sir Henry machte die Bekanntschaft von Miss Stapleton. Er fühlte sich offensichtlich stark zu ihr hingezogen, und ich müsste mich sehr irren, wenn dieses Gefühl nicht auf Gegenseitig-

Verbrecher auf dem Land
Conan Doyle ließ die Geschichte auf dem Land spielen – jahrhundertelang ein Ort, an dem sich Verbrecher vor dem Gesetz verbargen. An Landstraßen lauerten Straßenräuber wie Dick Turpin (unten), die Kutschen überfielen und Reisende ausraubten.

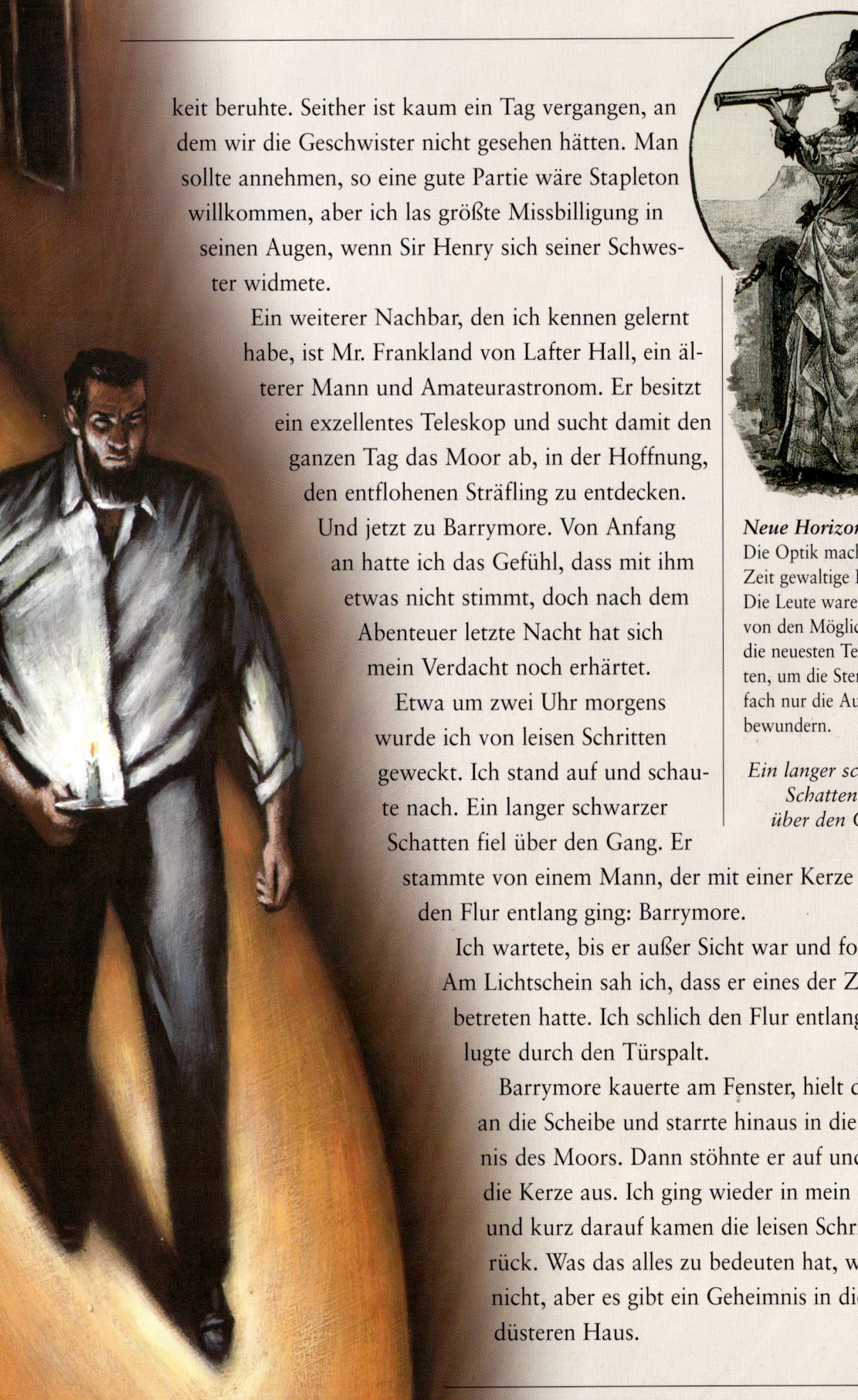

keit beruhte. Seither ist kaum ein Tag vergangen, an dem wir die Geschwister nicht gesehen hätten. Man sollte annehmen, so eine gute Partie wäre Stapleton willkommen, aber ich las größte Missbilligung in seinen Augen, wenn Sir Henry sich seiner Schwester widmete.

Ein weiterer Nachbar, den ich kennen gelernt habe, ist Mr. Frankland von Lafter Hall, ein älterer Mann und Amateurastronom. Er besitzt ein exzellentes Teleskop und sucht damit den ganzen Tag das Moor ab, in der Hoffnung, den entflohenen Sträfling zu entdecken. Und jetzt zu Barrymore. Von Anfang an hatte ich das Gefühl, dass mit ihm etwas nicht stimmt, doch nach dem Abenteuer letzte Nacht hat sich mein Verdacht noch erhärtet.

Etwa um zwei Uhr morgens wurde ich von leisen Schritten geweckt. Ich stand auf und schaute nach. Ein langer schwarzer Schatten fiel über den Gang. Er stammte von einem Mann, der mit einer Kerze vorsichtig den Flur entlang ging: Barrymore.

Ich wartete, bis er außer Sicht war und folgte ihm. Am Lichtschein sah ich, dass er eines der Zimmer betreten hatte. Ich schlich den Flur entlang und lugte durch den Türspalt.

Barrymore kauerte am Fenster, hielt die Kerze an die Scheibe und starrte hinaus in die Finsternis des Moors. Dann stöhnte er auf und blies die Kerze aus. Ich ging wieder in mein Zimmer und kurz darauf kamen die leisen Schritte zurück. Was das alles zu bedeuten hat, weiß ich nicht, aber es gibt ein Geheimnis in diesem düsteren Haus.

Neue Horizonte
Die Optik machte in jener Zeit gewaltige Fortschritte. Die Leute waren fasziniert von den Möglichkeiten, die die neuesten Teleskope boten, um die Sterne oder einfach nur die Aussicht zu bewundern.

Ein langer schwarzer Schatten fiel über den Gang.

Liebe
Nur selten geht es in einer
Sherlock-Holmes-Geschichte
um eine Liebesbeziehung.
Beryl Stapletons romantische
Anziehungskraft ist jedoch ein
Schlüsselelement des Romans.

Schauplatz der Gefühle
In Büchern, Theaterstücken,
Filmen und in der Malerei
spielen romantische Szenen
häufig an wilden Orten, etwa
im Moor oder auf der Heide.

Baskerville Hall, 15. Oktober

Mein lieber Holmes,

selten habe ich einen Mann gesehen, der von einer Frau so betört war wie Sir Henry von Miss Stapleton. Heute Morgen setzte er seinen Hut auf und machte sich zum Ausgehen fertig. Selbstverständlich tat ich dasselbe.

»Sie kommen mit, Watson?«, fragte er und schaute mich merkwürdig an.

»Nun, Sie haben ja gehört, wie sehr Holmes darauf bestand, dass ich Sie ständig begleiten sollte und dass Sie nicht alleine ins Moor hinausgehen dürften.«

Freundlich lächelnd legte mir Sir Henry die Hand auf die Schulter. »Mein lieber Watson«, sagte er, »Holmes konnte nicht alles voraussehen. Seien Sie kein Spielverderber. Lassen Sie mich alleine gehen.«

Ich wusste nicht, was ich sagen oder tun sollte. Bevor ich mich zu etwas durchgerungen hatte, nahm er seinen Stock und ging. Aber mein Gewissen plagte mich, und so machte ich mich auf den Weg in Richtung Merripit House. Mit eiligen Schritten erklomm ich einen Hügel, von dem aus ich das Moor überblicken konnte. Sir Henry war in ein Gespräch mit einer Lady vertieft, bei der es sich nur um Miss Stapleton handeln konnte. Das Paar war auf dem Weg stehen geblieben, als ich plötzlich bemerkte, dass ich nicht ihr einziger Zeuge war. Auf dem zerklüfteten Gelände bewegte sich ein Mann auf sie zu. Es war Stapleton mit seinem Schmetterlingsnetz. In diesem Augenblick zog Sir Henry Miss Stapleton an sich. Er hatte den Arm um sie gelegt, doch sie entzog sich ihm. Dann fuhren sie plötzlich auseinander und drehten sich um. Stapleton rannte wie ein Wilder auf sie zu. Er gestikulierte aufgeregt und winkte dann

seiner Schwester, die zunächst Sir Henry
ansah, dann aber zu ihm ging.
Der Baronet lief zurück. Ich
rannte den Hügel hinunter.
Sein Gesicht war rot vor Wut.

»Watson! Wo kommen Sie denn
her?«

Ich erklärte ihm alles. »Ich habe
ihren Bruder immer für normal
gehalten, bis heute. Wieso sollte
ich ihr kein guter Ehemann sein?

»Hat er das gesagt?«

»Das und noch mehr. Er hat sich immer
zwischen uns gestellt. Heute konnte ich sie zum
ersten Mal allein sprechen. Sie freute sich, mich
zu sehen. Sie wiederholte eindringlich, dass
dies ein gefährlicher Ort sei und ich unbedingt
abreisen müsse. Ich erwiderte, ich hätte es nicht
eilig abzureisen und machte ihr einen Heirats-
antrag, aber bevor sie antworten konnte, kam
ihr Bruder, blass vor Zorn. Was ich da täte?
Wie ich es wagen könne, mich ihr zu nähern?
Ich erklärte ihm, ich hoffte, die Ehre zu
haben, dass sie meine Frau würde.«

Am Nachmittag entschuldigte sich Stapleton.

»Er liebt seine Schwester über alles«, erzählte
mir Sir Henry später. »Und er weiß, dass er
sie nicht für immer für sich behalten
kann. Er versprach, jeglichen
Widerstand aufzugeben,
wenn ich die Sache für
drei Monate auf sich beru-
hen ließe und nur die Freundschaft der Lady suchte. Ich
war einverstanden.«

Hue and cry
Die Worte »hue and cry«, die aus dem Altfranzösischen stammen, beziehen sich auf eine Proklamation, die das englische Volk zur Verfolgung eines entflohenen Sträflings aufforderte.

Nun komme ich zu dem nächtlichen Schluchzen, Mrs. Barrymores verweintem Gesicht und dem heimlichen Treiben des Butlers.

Vor dem Frühstück inspizierte ich das Zimmer, in dem Barrymore gewesen war. Von diesem Fenster aus hat man den besten Blick auf das Moor. Er hatte nach etwas oder jemandem im Moor Ausschau gehalten. Ich erzählte dem Baronet, was ich gesehen hatte. Er war wenig überrascht.

»Ich wusste, dass Barrymore nachts umhergeschlichen ist«, sagte er. »Wir sollten ihn beschatten und herausfinden, was er vorhat.«

»Aber bestimmt würde er uns hören.«

»Er ist ziemlich schwerhörig und wir sollten es auf jeden Fall riskieren. Wir wachen heute Nacht in meinem Zimmer und warten, bis er vorbeikommt.«

Und so wartete ich mit Sir Henry, bis wir auf dem Gang Schritte hörten. Wir sahen Barrymore in dasselbe Zimmer gehen und sich wie zuvor ans Fenster kauern. Sir Henry betrat das Zimmer, und Barrymore sprang auf. Er zitterte.

»Was tun Sie hier, Barrymore?«

»Nichts, Sir.« Seine Aufregung war so groß, dass er kaum sprechen konnte, und die Schatten tanzten hin und her, weil er mit der Kerze wackelte.

»Kommen Sie!«, sagte Sir Henry streng. »Keine Lügen! Was treiben Sie hier an diesem Fenster?«

»Bitte fragen Sie mich nicht, Sir Henry – bitte! Es ist nicht mein Geheimnis und ich kann es nicht verraten.«

Mir kam eine Idee und ich nahm die Kerze vom Fensterbrett. »Er muss sie als Signal benutzt haben«, sagte ich. »Schauen wir doch mal, ob wir eine Antwort erhalten.« Ich hielt die Kerze, wie er sie gehalten hatte, und starrte hinaus in die Dunkelheit. Dann stieß ich einen Triumphschrei aus, weil ich einen kleinen gelben Lichtpunkt aufleuchten sah.

»Da ist es!«, rief ich.

»So, du Schuft!«, schrie der Baronet. »Wer ist dein Komplize und was führt ihr im Schilde?«

Barrymore reagierte trotzig. »Das ist meine Angelegenheit! Es geht Sie nichts an!«

»Dann werde ich Sie mit Schimpf und Schande hinauswerfen! Ihre Familie hat über hundert Jahre lang bei der meinen gelebt und Sie schmieden ein finsteres Komplott gegen mich!«

»Nein, nein, Sir, nicht gegen Sie!« Es war Mrs. Barrymore, die, bleicher und verängstigter noch als ihr Gatte, in der Tür stand. »Es ist meine Schuld, Sir Henry – allein meine. John hat das alles nur für mich getan, weil ich ihn darum gebeten habe. Mein unglücklicher Bruder verhungert im Moor. Das Licht ist ein Signal, dass es Essen für ihn gibt. Sein Licht zeigt an, wo wir es hinbringen sollen.«

»Dann ist Ihr Bruder ...«

»Der entflohene Sträfling, Sir – Selden, der Notting-Hill-Mörder.«

Erstaunt starrten Sir Henry und ich die Frau an. War es möglich, dass eine so respektable Person mit einem der berüchtigtsten Verbrecher des Landes verwandt war?

»Ja, Sir, er ist mein jüngerer Bruder. Eines Nachts schleppte er sich hierher, halb verhungert, die Wärter auf den Fersen – was sollten wir tun? Wir gaben ihm zu essen und versorgten ihn. Dann kehrten Sie heim, Sir, und mein Bruder meinte, im Moor sei er sicher, bis die Zeit des »hue and cry« vorbei wäre. Doch jede zweite Nacht vergewisserten wir uns, dass er noch da war, indem wir eine Kerze ans Fenster stellten. Wenn eine Antwort kam, brachte mein Mann ihm etwas zu essen. Wir hofften, er würde weggehen, aber solange er da war, konnten wir ihn nicht im Stich lassen.« Die Frau sprach mit einem so tiefen Ernst, dass man sie nicht verurteilen konnte.

»Nun, Barrymore«, sagte Sir Henry, »ich kann Ihnen nicht vorwerfen, dass Sie zu Ihrer Frau halten. Vergessen Sie, was ich gesagt habe. Wir werden morgen weiter darüber reden.«

Als sie gegangen waren, schauten wir erneut aus dem Fenster. Sir Henry hatte es weit geöffnet und der kalte Nachtwind blies uns ins Gesicht. Weit in der Ferne glomm noch immer der kleine gelbe Lichtpunkt.

»Zum Donnerwetter, Watson, ich gehe hinaus und ergreife diesen Mann!«

Fünf Minuten später waren wir draußen. Wolken jagten über den

Das Jenseits
Obwohl Schöpfer des durch und durch nüchternen Holmes, war Conan Doyle, wie viele seiner Zeitgenossen, fasziniert vom Übernatürlichen. Er nahm oft an Séancen teil, bei denen man versuchte, mit Verstorbenen Kontakt aufzunehmen.

Die Macht des Bösen
Amulette dienen dazu, böse Geister fern zu halten. Diese ägyptischen Amulette stammen aus der Sammlung Conan Doyles.

Himmel, und als wir das Moor erreichten, begann es leicht zu nieseln. Vor uns brannte immer noch gleichmäßig das Licht.

»Was würde Holmes sagen?«, fragte der Baronet. »Über die Stunde der Finsternis, wenn sich die bösen Mächte erheben?«

Plötzlich kam aus der weiten Finsternis des Moors der seltsame Schrei, den ich am Grimpen-Sumpf gehört hatte. Er drang durch die Stille der Nacht, ein langes, tiefes Raunen, dann ein aufsteigendes Jaulen und dann das traurige Stöhnen, in dem er verebbte. Immer wieder ertönte er, die Luft vibrierte regelrecht davon. Das Gesicht des Baronets schimmerte im Dunkeln.

»Großer Gott, was ist das, Watson?«

»Ich weiß nicht. Ich habe es schon einmal gehört.«

Stille umringte uns.

»Watson«, sagte der Baronet. Seine Stimme überschlug sich und verriet sein Entsetzen. »Was sagen die Leute dazu?«

Ich konnte der Frage nicht ausweichen. »Man sagt, es sei das Heulen des Hundes von Baskerville.«

Er schwieg einige Augenblicke und sagte schließlich: »Ob in all diesen Geschichten doch ein wahrer Kern steckt? Könnte es sein, dass ich wirklich in Gefahr bin? Es war eine Sache, in London darüber zu lachen, aber es ist etwas anderes, hier in der Dunkelheit zu stehen und einen solchen Schrei zu hören.«

Wir stolperten durch die Nacht, umringt von schwarzen Felsenhügeln und vor uns den gelben Lichtfleck. Als wir uns hinter einem Granitfelsen versteckten, erblickten wir schließlich eine tropfende Kerze.

»Warten Sie hier«, sagte ich. »Ich schaue mal nach.«

Kaum hatte ich diese Worte ausgesprochen, als wir ihn sahen. Über die Felsen ragte eine schreckliche Pratze. Das Licht spiegelte sich in seinen listigen Augen wider, die wild durch die Nacht spähten, wie ein Tier, das die Schritte der Jäger vernommen hat.

Sir Henry und ich sprangen auf. Der Sträfling rannte los und sprang dabei wie eine Bergziege mühelos über die Felsen. Wir rannten, bis wir außer Atem waren, aber der Abstand zu ihm wurde immer größer. Schließlich hielten wir an und setzten uns auf zwei Steine.

Dann geschah etwas sehr Merkwürdiges und Unerwartetes.

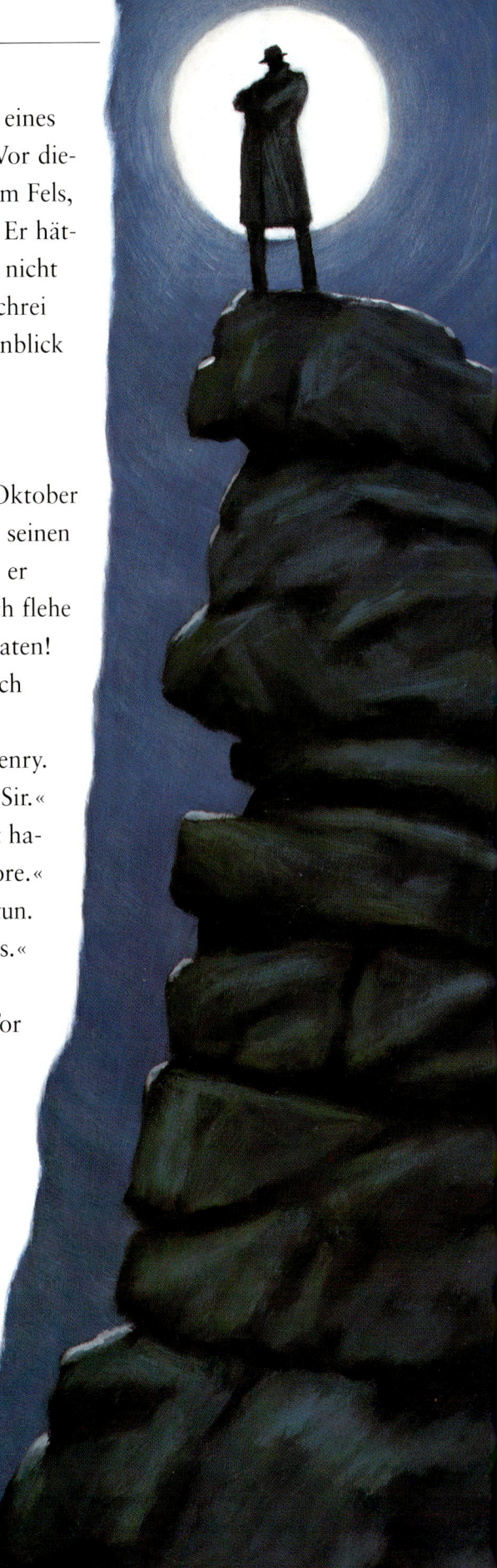

Der Mond stand tief am Himmel und die zerklüftete Zinne eines Granitfelsenturms ragte zu seiner silbrigen Scheibe empor. Vor diesem Hintergrund sah ich die Silhouette eines Mannes auf dem Fels, die Arme vor der Brust verschränkt und den Kopf gebeugt. Er hätte der Geist dieses schrecklichen Ortes sein können. Es war nicht der Sträfling, sondern ein viel größerer Mann. Mit einem Schrei der Überraschung deutete ich auf ihn, doch im selben Augenblick war der Mann verschwunden.

Auszug aus dem Tagebuch Dr. Watsons

16. Oktober

Heute Morgen sagte Barrymore, er fände es unfair, dass wir seinen Schwager verfolgten. »Ich versichere Ihnen, Sir Henry, dass er in wenigen Tagen unterwegs nach Südamerika sein wird. Ich flehe Sie an, der Polizei seinen Aufenthalt im Moor nicht zu verraten! Hier hat man die Suche nach ihm aufgegeben. Er könnte sich still verhalten, bis ein Schiff ihn mitnimmt.«

»Und wenn er vorher jemanden überfällt?«, fragte Sir Henry.

»Durch ein Verbrechen würde er sein Versteck verraten, Sir.«

»Stimmt«, sagte Sir Henry. »Nach allem, was wir gehört haben, kann ich den Mann nicht anzeigen. Es ist gut, Barrymore.«

»Gott segne Sie. Zum Dank möchte ich auch etwas für Sie tun. Sir Henry, ich weiß etwas über den Tod des armen Sir Charles.«

Der Baronet und ich sprangen auf.

»Ich kann Ihnen sagen, warum er zu dieser Stunde am Tor war. Er wollte sich mit einer Frau treffen.«

»Woher wissen Sie das, Barrymore?«

»An jenem Morgen bekam Ihr Onkel einen Brief aus Coombe Tracey mit der Handschrift einer Frau. Vor einigen Wochen reinigte meine Frau Sir Charles' Büro und fand die Reste des Briefs im Kamin, mit den Worten: ›Bitte, bitte, verbrennen Sie diesen Brief. Seien Sie um zehn Uhr am Tor. L. L.‹«

»Und Sie haben keine Ahnung, wer L. L. ist?«

»Nein, Sir. Nicht mehr als Sie.«

Die Gestalt eines Mannes auf dem Fels

Remington-Schreibmaschine
Remington-Schreibmaschinen
werden seit 1873 produziert
und standen für alle Schreib-
maschinen Modell. Maschi-
neschreiben gehörte zu den
wenigen Tätigkeiten, die sich
auch für ehrbare Frauen eig-
neten, weil sie auf diese Weise zu Hause arbeiten konnten.

Bronzeäxte (ca. 1200 v. Chr.)

Moormenschen
Angehörige der so genannten
»Becherkulturen« bauten vor
4000–2500 Jahren Hütten im
Dartmoor. Sie kannten bereits
Kupfer- und Zinnwerkzeuge.

Kapitel 6

DER MANN AUF DEM FELSENTURM

17. Oktober

Heute regnete es den ganzen Tag. Ich zog meinen Regenmantel an und wanderte durch das durchnässte Moor. Auf dem Rückweg nahm mich Dr. Mortimer in seinem Dogcart mit. Ich fragte ihn, ob er eine Frau mit den Initialen L. L. kenne.

»Laura Lyons«, sagte er. »Franklands Tochter. Sie heiratete einen Künstler namens Lyons, der aber ein Schuft war und sie verließ. Ihr Vater will nichts mit ihr zu tun haben, weil sie ohne seine Einwilligung heiratete. Ihre Geschichte wurde bekannt und einige Leute aus der Gegend halfen ihr. Stapleton etwa und Sir Charles. Auch ich habe eine Kleinigkeit beigetragen.«

Als Barrymore am Abend den Kaffee in die Bibliothek brachte, fragte ich ihn, ob sein Verwandter weg sei oder sich immer noch im Moor aufhielt.

»Ich habe nichts von ihm gehört, seit ich ihm zum letzten Mal Essen brachte, und das war vor drei Tagen, Sir.«

»Haben Sie ihn gesehen?«

»Nein, Sir. Aber das Essen war am nächsten Tag weg.«

»Dann ist er gewiss da gewesen?«

»Vermutlich, Sir, es sei denn, der andere Mann hat es genommen.«

Ich starrte Barrymore an. »Ein anderer Mann, sagen Sie?«

»Ja, Sir. Selden hat mir von ihm erzählt, vor einer Woche. Erst dachte er, es sei ein Polizist, doch dann fand er heraus, dass er seinen eigenen Angelegenheiten nachgeht. Soweit er beurteilen könne, sei er ein Gentleman.«

»Hat er gesagt, wo er sich aufhält?«

»Bei den Steinhütten am Hang, wo die alten Leute früher lebten.«

Ich ging hinüber ans Fenster und betrachtete die vorbeiziehenden Wolken und die vom Wind gepeitschten Bäume. Dort, in einer Hütte im Moor, schien der Kern des Problems zu liegen.

19. Oktober

Heute Morgen fuhr ich nach Coombe Tracey, um Mrs. Laura Lyons aufzusuchen. Als ich das Wohnzimmer betrat, saß die Lady an einer Remington-Schreibmaschine. Sie sprang auf und lächelte, doch als sie sah, dass ich ein Fremder war, wirkte sie enttäuscht. Sie fragte mich nach dem Grund meines Besuchs.

»Ich komme wegen des verstorbenen Sir Charles Baskerville«, antwortete ich. »Sie kannten ihn, nicht wahr?«

»Er war sehr gütig. Ich habe es hauptsächlich ihm zu verdanken, dass ich für mich selbst sorgen kann.«

»Woher wusste er genug über Ihre Probleme, um Ihnen helfen zu können?«

»Einige Gentlemen kannten meine traurige Geschichte und wollten mir helfen. Einer von ihnen war Mr. Stapleton, ein enger Freund von Sir Charles. Er erzählte Sir Charles von mir.«

»Haben Sie je an Sir Charles geschrieben und um ein Treffen gebeten?«, fuhr ich fort.

Mrs. Lyons lief vor Zorn rot an. »Natürlich nicht.«

»Auch nicht an Sir Charles' Todestag?«

Die Röte wich aus ihrem Gesicht und sie wurde leichenblass. »Ja, ich habe ihm geschrieben«, rief sie. »Ich hatte erfahren, dass er nach London reisen wollte und vielleicht monatelang fort sein würde, deshalb bat ich um ein Treffen. Vielleicht wissen Sie, dass ich überstürzt heiratete und es bitter bereute. Um meine Freiheit wiederzuerlangen, müssten gewisse Unkosten bezahlt werden. Ich dachte, Sir Charles würde mir helfen. Doch ich bin nicht zu dem Treffen hingegangen.«

»Warum nicht?«

»Mir wurde von anderer Seite geholfen.«

»Warum haben Sie Sir Charles dann nicht geschrieben?«

»Das hätte ich, wenn ich nicht am nächsten Morgen aus der Zeitung von seinem Tod erfahren hätte.«

Die Geschichte der Frau klang plausibel, doch ihr Verhalten sagte mir, dass sie mir etwas verheimlichte.

Gassenjunge
In der damaligen Zeit gab es viele Kinder, die sich tagsüber in Straßen und Gassen herumtrieben. Sie kamen vor allem aus armen Familien und waren in Lumpen gekleidet.

Heim und Herd
Vor der Erfindung der Zentralheizung wurden Räume mit offenen Kaminen beheizt.

Auf dem Rückweg traf ich Mr. Frankland. Rotgesichtig, mit grauem Schnurrbart, stand er vor seinem Gartentor.

»Guten Tag, Dr. Watson«, rief er. »Gönnen Sie Ihren Pferden eine Ruhepause und kommen Sie herein!«

Wir gingen ins Haus. Ich schickte Perkins mit der Kutsche nach Hause und ließ Sir Henry ausrichten, ich wolle zu Fuß gehen und rechtzeitig zum Dinner zurück sein.

Nach einer Weile erwähnte Frankland den Sträfling im Moor.

»Woher wissen Sie, dass er dort im Moor ist?«, fragte ich.

»Ich weiß es, weil ich mit eigenen Augen den Boten gesehen habe, der ihm sein Essen bringt – ein Kind. Ich sehe es jeden Tag vom Dach aus mit meinem Teleskop.«

Ein Kind! Barrymore hatte erzählt, unser Unbekannter würde von einem Jungen versorgt. Also hatte Frankland ihn aufgespürt, und nicht den Sträfling.

»Ich habe den Jungen gesehen und – Moment mal! Trügen mich meine Augen oder bewegt sich da etwas am Hang?«

Trotz der Entfernung konnte ich deutlich einen kleinen schwarzen Punkt vor dem matten Grüngrau erkennen.

»Kommen Sie, Sir, kommen Sie!«, rief Frankland und rannte nach oben. »Schauen Sie und urteilen Sie selbst!«

Frankland presste sein Auge an das Teleskop und stieß einen zufriedenen Laut aus. »Schnell, Dr. Watson, bevor er hinter dem Hügel verschwindet!«

Und tatsächlich sah ich, wie sich ein Bengel mit einem kleinen Bündel über der Schulter langsam den Hügel hinaufkämpfte.

»Und? Habe ich Recht?«

»Ja, da ist ein Junge, scheinbar mit einem geheimen Auftrag.«

Kurz darauf machte ich mich auf den Weg über das Moor, in Richtung des Hügels, hinter dem der Junge verschwunden war.

Die Sonne ging bereits unter, als ich den Gipfel erreichte. Der Junge war nirgends zu sehen. Doch unter mir, in einem Tal zwischen den Hügeln, lag eine Ansammlung alter Steinhütten, und eines der Dächer war gut genug erhalten, um Schutz vor der Witterung zu bieten. Mein Herz machte einen Sprung, als ich es sah.

Das musste das Versteck des Fremden sein.

Ich warf meine Zigarette weg, umklammerte den Griff meines Revolvers, ging rasch zum Eingang und schaute hinein. Die Hütte war verlassen.

Hier musste der Mann hausen. Ein paar Decken, in einen Regenmantel eingewickelt, lagen auf einer Steinplatte. In einer provisorischen Feuerstelle befand sich ein Aschehaufen, daneben standen Kochutensilien und ein halber Eimer Wasser. Eine Ansammlung leerer Dosen bewies, dass der Ort schon eine Weile bewohnt war. Ein flacher Stein in der Mitte der Hütte diente als Tisch, und darauf lag ein Kleiderbündel. Mein Herzschlag setzte für einen Moment aus, als ich darunter ein beschriebenes Stück Papier bemerkte, auf dem stand:

Dr. Watson ist nach Coombe Tracey gefahren

Draußen ging die Sonne unter. Im goldenen Abendlicht sah alles friedlich und idyllisch aus, doch ich konnte mich nicht an der Schönheit der Natur erfreuen. Die Nerven zum Zerreißen gespannt, aber voller Entschlossenheit, wartete ich in einer Nische der Hütte auf die Heimkehr ihres Bewohners.

Endlich hörte ich ihn. Von fern näherten sich Schritte; ein Stiefel stieß klickend an einen Stein. Die Schritte kamen näher und näher. Ich zog mich in die dunkelste Ecke zurück und spannte meine Pistole. Nach einer Pause kamen die Schritte noch näher und ein Schatten fiel in die Türöffnung der Hütte.

»Was für ein wunderbarer Abend, mein lieber Watson«, sagte eine wohl bekannte Stimme. »Ich glaube wirklich, draußen ist es gemütlicher als drinnen.«

Das musste das Versteck des Fremden sein.

Konservendosen
1809 füllte Nicholas Appert gekochte Nahrungsmittel in Gläser, verschloss diese mit Korken und sterilisierte sie in kochendem Wasser. Ein Jahr später wurden die Gläser nach und nach durch Blechdosen ersetzt.

Kapitel 7

Tod im Moor

Revolver
Watson benutzte wahrscheinlich seinen eigenen Revolver, denn er hatte in der Armee gedient. Heute braucht man für den Besitz einer Waffe einen Waffenschein.

Dieses Zigarettenetui ließ Conan Doyle für Sidney Paget, den ersten Illustrator der Sherlock-Holmes-Geschichten, anfertigen.

Mir verschlug es den Atem, ich traute meinen Ohren nicht: Diese ironische Stimme konnte nur einem gehören. »Holmes!«, rief ich.

»Kommen Sie heraus«, sagte er, »und Vorsicht mit dem Revolver.«

Dort saß er und seine grauen Augen funkelten vor Vergnügen. »Ich wusste nicht, dass Sie da drin waren, bis ich mich auf etwa zwanzig Schritte genähert hatte. Doch wenn Sie mich überlisten wollen, müssen Sie Ihren Tabakhändler wechseln, denn wenn ich einen Zigarettenstummel mit der Aufschrift ›Bradley, Oxford Street‹ sehe, weiß ich, dass mein Freund Watson nicht weit ist.«

»Aber ich dachte, Sie seien in der Baker Street!«

»Ich wollte auch, dass Sie das denken. Wären wir beide bei Sir Henry, würde meine Anwesenheit unsere Gegner zur Vorsicht mahnen. Doch so konnte ich mich frei bewegen. Cartwright hat sich um meine bescheidenen Bedürfnisse gekümmert.«

In der Hütte erzählte ich Holmes von meinem Gespräch mit Mrs. Laura Lyons. »Sie sehen«, sagte er, »es gibt eine enge Verbindung zwischen dieser Lady und Mr. Stapleton: Wenn ich sie nutzen könnte, um seine Frau von ihm zu trennen …«

»Seine Frau?«

»Die Lady, die hier als seine Schwester gilt, ist seine Frau.«

»O Gott, Holmes! Sind Sie sicher? Warum diese Täuschung?«

»Er wusste, dass sie ihm als unverheiratete Frau mehr nutzte.«

All meine vagen Vorahnungen nahmen Gestalt an und konzentrierten sich auf den Naturkundler. Ich erkannte in diesem farblosen Mann eine mörderische Kreatur.

»Ist er also unser Gegenspieler? Hat er uns in London beschattet?«

»So interpretierte ich das Rätsel. Er war unachtsam und verriet sich, als er Sie zum ersten Mal traf. Er war Schulmeister im Norden Englands. Meine Erkundigungen ergaben, dass die Schule Pleite ging und der Leiter mit seiner Frau verschwand. Als ich erfuhr, dass der Verschwundene passionierter Insektenkundler war, wusste ich Bescheid.«

»Und was hat Mrs. Laura Lyons damit zu tun?«

»Da sie glaubte, Stapleton sei Junggeselle, hoffte sie zweifellos, er würde sie heiraten.«

»Aber was hat das alles zu bedeuten? Was hat er vor?«

Holmes senkte seine Stimme. »Mord, Watson – kaltblütiger, vorsätzlicher Mord. Wir müssen unbedingt verhindern, dass er zuschlägt, bevor wir so weit sind – still!«

Ein furchtbarer Schrei, der mir das Blut in den Adern gefrieren ließ, drang aus der Stille des Moors. »O mein Gott«, keuchte ich. »Was ist das?«

»Der Hund!«, rief Holmes. »Schnell, Watson, hoffentlich kommen wir nicht zu spät!«

Wir hörten noch einen letzten verzweifelten Aufschrei und danach einen dumpfen Aufprall. Dann herrschte Stille.

»Er ist uns zuvorgekommen! Wir sind zu spät!«

»Nein, gewiss nicht!«

Blind rannten wir durch die Dunkelheit. Bei jeder Erhöhung blickte sich Holmes hastig um, doch die Schatten auf dem Moor waren undurchdringlich.

Dann hörten wir ein leises Stöhnen. Es kam von links, wo ein Fels-kamm in einem steilen Felsen endete, an des-sen Fuß sich ein mit Steinen übersäter Hang befand. Auf dem zerklüfteten Gelände lag ein Mann auf dem Bauch. Wir kletterten hinunter und Holmes berührte die reg-lose Gestalt. Mit einem Streichholz beleuchtete er die blutverschmierten Hände und die grässliche Lache, die aus dem zerschmetterten Schädel des Opfers floss. Uns blieb das Herz stehen – es war Sir Henry Baskerville!

Der Tweedanzug – er hatte ihn an jenem Morgen in der Baker Street getragen, als wir ihn zum ersten Mal sahen.

»Ich bin schuld am Tod meines Klienten«, stöhnte Holmes.

»Wir hörten seine Schreie und konnten ihn nicht retten! Dafür wird Stapleton büßen müssen! Onkel und Neffe ermordet!«

»Jetzt müssen wir eine Verbindung zwischen ihm und dem Tier herstellen. Dabei können wir noch nicht einmal die Existenz des Hundes beweisen, da Sir Henry offensichtlich durch den Sturz gestorben ist. Großer Gott, sind Sie verrückt geworden?«

Holmes hatte einen Schrei ausgestoßen, tanzte und lachte.

»Der Mann hat einen Bart! Das ist nicht der Baronet – das ist mein Nachbar, der Sträfling!«

Freizeitkleidung
Damals waren für englische Männer auf dem Land strapazierfähige Tweedanzüge ein unverzichtbarer Teil ihrer Alltagsgarderobe.

Der Witterung folgend
Hunde riechen etwa 100 Mal besser als Menschen. Ein Spürhund kann anhand eines Objektes Witterung »aufnehmen« und andere Tiere, Menschen oder Objekte mit demselben Geruch suchen.

Holmes tanzte und lachte.

Rasch drehten wir die Leiche um. Es war Selden, der Sträfling! Ich erinnerte mich, dass der Baronet erzählt hatte, er habe Barrymore seine alte Kleidung geschenkt, und dieser musste sie an Selden weitergegeben haben.

»Der Anzug hat den armen Kerl das Leben gekostet«, sagte Holmes. »Der Hund hat die Witterung Sir Henrys aufgenommen – vielleicht von dem Stiefel, der im Hotel gestohlen wurde.«

Eine Gestalt näherte sich uns über das Moor – Stapleton. Er blieb stehen, als er uns sah. »Großer Gott, was ist das?«, rief er. »Jemand verletzt? Nein – sagen Sie nicht, dass es unser Freund Sir Henry ist!« Er beugte sich über den Toten und keuchte. »Wer – wer ist denn das?«, stotterte er.

»Das ist Selden, der entflohene Sträfling aus Princetown.«

Stapletons Gesicht war verzerrt. Sein scharfer Blick wanderte von Holmes zu mir. »O Gott! Wie ist er denn gestorben?«

»Offenbar stürzte er vom Felsen und brach sich das Genick. Wir wanderten gerade über das Moor, als wir einen Schrei hörten.«

»Ich auch. Ich erwartete Sir Henry und war beunruhigt, als er nicht kam. Haben Sie sonst noch etwas gehört? Man sagt, im Moor höre man nachts einen Geisterhund.«

»Wir haben nichts dergleichen gehört«, sagte ich.

»Und wie, glauben Sie, ist dieser arme Kerl zu Tode gekommen?«

»Verrückt vor Angst und Entkräftung rannte er durchs Moor, stolperte und brach sich das Genick.«

»Das scheint mir am wahrscheinlichsten«, sagte Stapleton und stieß einen Seufzer aus, den ich als Zeichen seiner Erleichterung interpretierte. »Was meinen Sie, Mr. Holmes?«

Mein Freund verbeugte sich und antwortete: »Sie kombinieren schnell. Ich bezweifle nicht, dass die Erklärung Dr. Watsons den Tatsachen entspricht.«

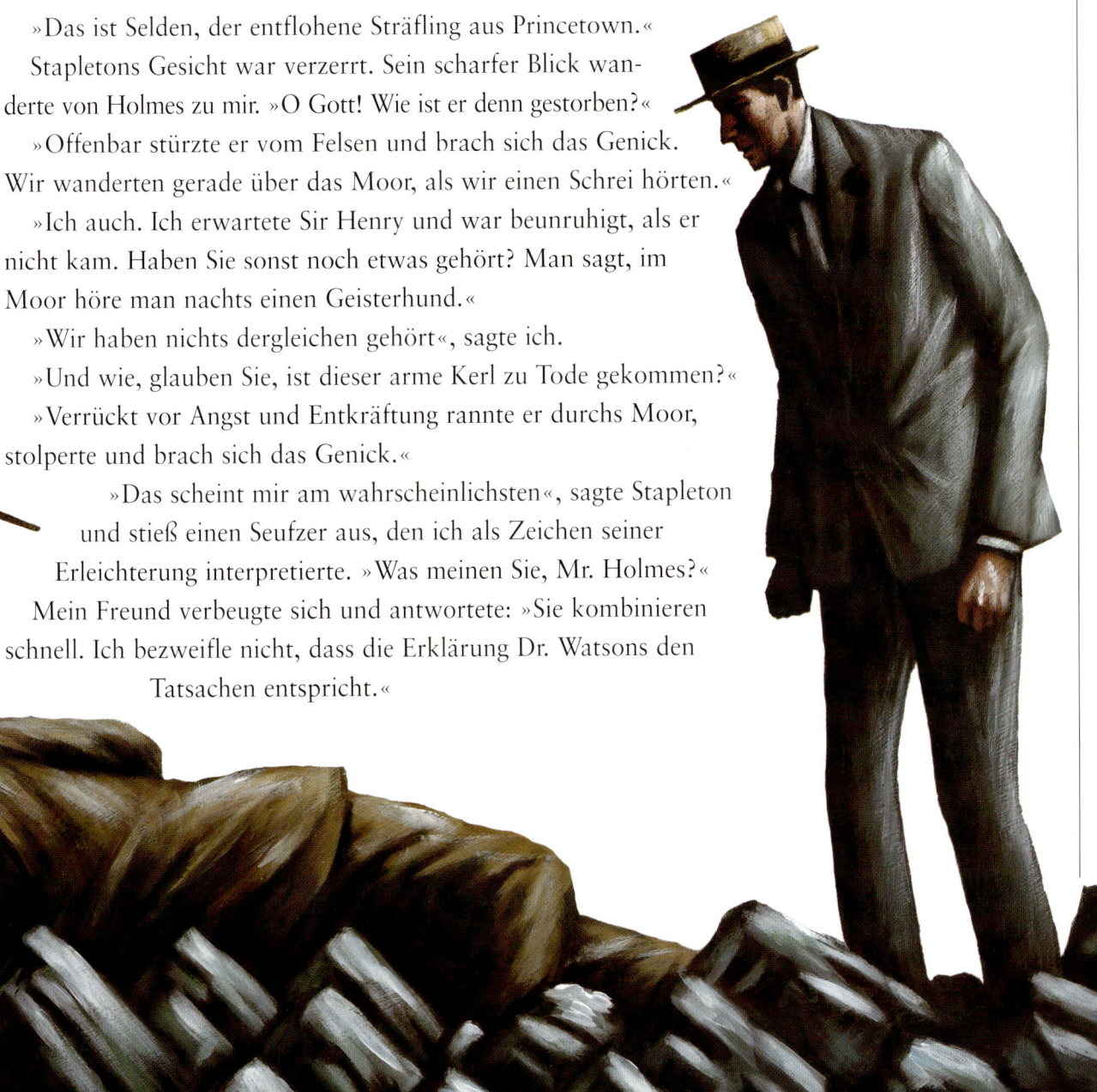

Bürgerkrieg
Von 1642–49 herrschte in England Bürgerkrieg. Die Puritaner (»Rundköpfe«) unterstützten das Parlament und wollten die Monarchie abschaffen, während die Kavaliere für König Karl I. kämpften. Die Puritaner gewannen, doch die Monarchie wurde später wieder eingeführt.

Wir beschlossen, die Leiche bis zum nächsten Tag liegen zu lassen. Holmes und ich machten uns auf den Weg nach Baskerville Hall und ließen den Naturkundler allein zurück.

Als wir Baskerville Hall erreichten, meinte Holmes: »Sagen Sie Sir Henry nichts von dem Hund. Tun Sie so, als habe Seldens Tod sich so ereignet, wie Stapleton uns glauben machen will.«

Sir Henry freute sich, Sherlock Holmes zu sehen. Ich aber hatte die unangenehme Aufgabe, den Barrymores die Nachricht von Seldens Tod zu überbringen. Mrs. Barrymore weinte bitterlich.

Beim verspäteten Abendessen fragte der Baronet: »Wie steht es mit dem Fall? Konnten Sie die Fäden ein wenig entwirren?«

»Ich glaube, ich werde schon bald eine nähere Erklärung abgeben können«, antwortete Holmes. »Aber dazu brauche ich Ihre Hilfe.«

»Ich werde tun, was immer Sie wünschen.«

»Wenn das so ist, werden wir unser kleines Problem bald gelöst haben ...« Er unterbrach sich mitten im Satz und starrte über meinen Kopf hinweg in die Luft.

»Was ist?«, riefen wir beide aus.

Seine Augen glänzten vor freudiger Erregung. »Entschuldigen Sie, nur die Bewunderung eines Kenners«, sagte er und deutete auf die Porträts an der Wand. »Wer ist dieser Kavalier mir gegenüber, in schwarzem Samt und Spitzenkragen?«

»Ah, das ist die Wurzel allen Übels«, sagte Sir Henry. »Der böse Hugo, dem wir den Höllenhund zu verdanken haben.«

Später, als sich Sir Henry zurückgezogen hatte, führte mich Holmes zurück in den Speisesaal, die Schlafzimmerkerze in der Hand. Er hielt sie vor das von Patina dunkle Porträt. »Erkennen Sie etwas darauf?«

Ich betrachtete den breitkrempigen Hut mit der Feder, die Schmachtlocken, den Spitzenkragen und das strenge Gesicht. »Das Kinn erinnert mich ein wenig an Sir Henry.«

»Vielleicht ein klein wenig. Doch warten Sie!« Er kletterte auf einen Stuhl, hielt die Kerze hoch und bedeckte mit dem rechten Arm den großen Hut und die langen Locken.

»Großer Gott!«, rief ich voller Erstaunen. Das Gesicht Stapletons schaute von der Leinwand.

»Der Kerl ist ein Baskerville – kein Zweifel. Wir haben ihn, Watson, wir haben ihn, und ich schwöre, er wird uns noch vor morgen Nacht im Netz zappeln wie einer seiner Schmetterlinge.«

Blanko-Haftbefehl
Da Sherlock Holmes kein Polizeibeamter ist, muss Lestrade offiziell den Verdächtigen für ihn verhaften. Lestrade gehört zu Scotland Yard, der 1829 gegründeten Londoner Stadtpolizei.

Scheidung
Früher waren Scheidungen nicht nur kostspielig, sondern auch ein gesellschaftlicher Makel. Frauen in unglücklichen Ehen ließen sich oft nicht scheiden, weil sie nicht für ihren Lebensunterhalt sorgen konnten.

Am nächsten Morgen sagte Sir Henry zu Holmes: »Heute Abend besuche ich die Stapletons. Ich hoffe, dass Sie mich begleiten.«

»Ich fürchte, Watson und ich müssen nach London fahren.« Der Baronet war sichtlich enttäuscht.

»Mein lieber Sir Henry«, sagte Holmes, »vertrauen Sie mir. Fahren Sie nach Merripit House. Schicken Sie dann Ihre Kutsche weg und erklären Sie, Sie würden zu Fuß nach Hause gehen.«

»Durch das Moor? Davor haben Sie mich doch so oft gewarnt!«

»Diesmal besteht keine Gefahr, jedenfalls, wenn Sie den Weg nehmen, der direkt von Merripit House zur Grimpen Road führt.«

Wir verabschiedeten uns und waren ein paar Stunden später am Bahnhof von Coombe Tracey. Ein Junge wartete am Bahnsteig.

»Nimm diesen Zug in die Stadt, Cartwright«, sagte Holmes. »Aus London schickst du ein Telegramm an Sir Henry, er solle bitte mein Notizbuch in die Baker Street senden, falls er es findet.«

»Ja, Sir.« Dann wurde Holmes ein Telegramm ausgehändigt:
Ankomme 5 Uhr 40 mit Blanko-Haftbefehl – LESTRADE

»Eine Antwort auf mein Telegramm von heute Morgen. Vielleicht brauchen wir Unterstützung. Und jetzt suchen wir Mrs. Lyons auf.«

Holmes begann das Gespräch mit erstaunlicher Offenheit.

»Ich untersuche den Tod von Sir Charles Baskerville«, sagte er. »Mein Freund, Dr. Watson, hat mir berichtet, welche Informationen Sie in diesem Fall zurückgehalten haben. Sie gaben zu, Sir Charles um zehn Uhr zu einem Treffen am Tor gebeten zu haben. Wir wissen, dass dies der Ort und die Stunde seines Todes waren. Sie haben verschwiegen, welcher Zusammenhang zwischen diesen Ereignissen besteht.«

»Es gibt keinen Zusammenhang.«

»Das wäre ein außerordentlicher Zufall. Doch wir werden einen Zusammenhang herstellen. Wir glauben, dass es Mord war, und die Beweise werden ergeben, dass sowohl Ihr Freund Mr. Stapleton als auch seine Frau darin verwickelt sind.«

Die Lady sprang von ihrem Stuhl auf. »Seine Frau!«, rief sie.

»Ja, seine angebliche Schwester ist in Wirklichkeit seine Frau.«

»Dabei wollte er mich heiraten! Jetzt erkenne ich, dass er mich benutzt hat. Fragen Sie mich, was Sie wollen. Ich schwöre, dass ich dem alten Gentleman kein Leid antun wollte.«

»Ich glaube Ihnen, Madam«, sagte Sherlock Holmes. »War der Brief die Idee Stapletons?«

»Er diktierte ihn.«

»Ich nehme an, er behauptete, Sir Charles würde die Kosten Ihrer Scheidung tragen?«

»Richtig.«

»Doch nachdem Sie den Brief abgeschickt hatten, hielt er Sie davon ab, die Verabredung einzuhalten?«

»Er versprach, seinen letzten Penny zu opfern, um alle Hindernisse zu überwinden.«

»Und nach Sir Charles' Tod mussten Sie ihm versprechen, nichts von alledem zu verraten?«

»Er sagte, sein Tod sei äußerst mysteriös, und man könne mich verdächtigen, wenn die Sache mit dem Brief herauskäme.«

»Ganz recht. Waren Sie denn nicht misstrauisch?«

Sie senkte den Blick.

»Ich denke, Sie sind noch einmal davongekommen«, sagte Holmes. »Auf Wiedersehen, Mrs. Lyons.«

Wir holten Lestrade am Bahnhof ab.

»Gibt's was Neues?«, fragte er.

»Der spektakulärste Fall seit Jahren«, sagte Holmes. »Nach dem Dinner werden wir den Londoner Nebel in Ihren Lungen mit reiner Nachtluft aus dem Dartmoor vertreiben.«

Kapitel 8

DER HUND VON BASKERVILLE

Zurück im Moor angelangt zuckten meine Nerven vor Aufregung bei jedem Schritt der Pferde und jeder Umdrehung der Räder. Unweit von Merripit House stiegen wir aus.

»Diese Steine geben einen wundervollen Schauplatz ab«, sagte Holmes. »Hier warten wir. Watson, schleichen Sie sich an und schauen Sie, was sie machen.«

Auf Zehenspitzen schlich ich den Weg entlang und bückte mich hinter einer niedrigen Mauer. Ich blickte ins Speisezimmer, wo Sir Henry und Stapleton Zigarren rauchten. Dann erhob sich Stapleton und ging hinaus. Ich hörte das Knarren einer Tür und Schritte auf dem Kies. Vor der Tür eines Gartenhauses blieb er stehen. Ein Schlüssel drehte sich im Schloss und von drinnen kam ein schnüffelndes Geräusch. Kurz darauf gesellte er sich wieder zu seinem Gast. Ich schlich zurück zu meinen Gefährten und berichtete, was ich gesehen hatte.

Über dem Grimpen-Sumpf hing dichter weißer Nebel, der langsam in unsere Richtung trieb. Holmes murmelte: »Unser Erfolg, ja, sein Leben kann davon abhängen, dass er geht, bevor der Nebel den Weg erreicht hat.«

Der Nebel waberte um das Haus. Holmes rief: »Wenn er nicht in einer Viertelstunde aufbricht,

Spukatmosphäre
Nebel schafft eine geheimnisvolle Atmosphäre, weshalb er praktisch in keiner Geistergeschichte fehlen darf.

Es war ein riesiger, kohlrabenschwarzer Hund, wie ihn kein menschliches Auge je erblickt hat.

ist der Weg bedeckt!« Die Nebelbank rückte vor und wir zogen uns zurück, bis wir etwa eine halbe Meile vom Haus entfernt waren.

»Wir sind zu weit weg«, sagte Holmes. »Er darf ihn nicht einholen, bevor er uns erreicht hat!«

Schnelle Schritte durchbrachen die Stille. Aus dem Nebel trat Sir Henry. »Sch!«, machte Holmes, und ich hörte das scharfe Klicken der gespannten Pistole. »Er kommt!«

Ich sprang auf, griff nach meiner Pistole – und mein Verstand setzte aus: Ich sah einen riesigen, kohlrabenschwarzen Hund, wie ihn kein menschliches Auge je erblickt hat. Feuer loderte aus seinem offenen Maul, seine Augen glühten, seine Schnauze und seine Flanken waren von flackernden Flammen gesäumt. Nichts hätte höllischer sein können als diese dunkle Gestalt, diese wilde Fratze, die da aus der Nebelwand hervorbrach. Mit großen Sprüngen setzte die riesige schwarze Bestie den Weg hinunter, unserem Freund dicht auf den Fersen. Wir waren so erstarrt von dem Anblick, dass wir sie passieren ließen. Dann feuerten Holmes und ich zugleich, und die Kreatur heulte auf. Doch sie blieb nicht stehen, sondern rannte weiter. Dann sahen wir, wie Sir Henry sich umwandte, das Gesicht bleich im Mondlicht, die Hände voll Entsetzen erhoben, hilflos das furchtbare Wesen anstarrend, das ihn jagte.

Doch beim Schmerzensschrei des Hundes lösten sich unsere Ängste in Luft auf. Wenn er verwundbar war, war er sterblich und wir konnten ihn töten. Vor uns hörten wir die Schreie Sir Henrys und das dumpfe Knurren des Hundes. Ich sah noch, wie das Biest sein Opfer ansprang, es zu Boden warf und es an der Kehle packte. Doch im nächsten Moment feuerte Holmes fünfmal in die Flanke des Tieres und mit Schmerzgeheul fiel es schlaff zur Seite. Der riesige Hund war tot.

Lestrade setzte dem Baronet seinen Brandy-Flachmann an den Mund und ein angstvolles Augenpaar schaute uns an.

»Mein Gott!«, flüsterte er. »Was um Himmels willen war das?«

»Er ist tot«, sagte Holmes. »Der Familienfluch ist gebannt.«

Allein seine Größe und Stärke machten das Tier, das ausgestreckt vor uns lag, zu einem furchtbaren Geschöpf. Ich legte meine Hand auf seine leuchtende Schnauze und als ich sie hochhielt, glommen auch meine Finger im Dunkeln.

»Phosphor«, sagte ich.

Wir halfen Sir Henry, sich auf einen Stein zu setzen, um sich auszuruhen, während wir rasch den Weg zurückliefen.

Die Tür von Merripit House stand offen, doch von Stapleton war nichts zu sehen. Im oberen Stockwerk jedoch drang leises Stöhnen durch eine verschlossene Tür. Holmes brach die Tür auf und wir stürmten hinein.

An einen Balken in der Mitte des Raums war eine geknebelte und mit Tüchern umwickelte Gestalt gefesselt. Wir banden die Fesseln los und Mrs. Stapleton sank uns vor die Füße.

»Lestrade!«, rief Holmes. »Ihren Brandy! Setzen Sie sie hin.«

Sie öffnete die Augen. »Dieser Schuft! Schauen Sie, wie er mich behandelt hat! Aber er quälte auch meinen Verstand und meine Seele. Solange er mich liebte, konnte ich alles ertragen, doch jetzt weiß ich, dass er mich auch damit betrogen hat.« Während sie sprach, brach sie in leidenschaftliches Schluchzen aus.

»Dann sagen Sie uns, Madam«, bat Holmes, »wo wir ihn finden.«

»Im Sumpf gibt es eine alte Zinnmine, wo er auch seinen Hund gehalten hat. Dorthin ist er bestimmt geflohen.« Die Nebelbank lag wie weiße Watte vor dem Fenster.

»Niemand könnte in dieser Nacht einen Weg durch den Grimpen-Sumpf finden«, sagte Holmes.

»Womöglich findet er den Weg hinein, aber nie wieder hinaus«, rief sie. »Wie soll er heute Nacht die Stöcke erkennen, die wir gemeinsam aufgestellt haben, um den Pfad durch den Sumpf zu markieren?« Da eine Verfolgung sinnlos war, bevor sich der Nebel aufgelöst hatte, kehrten wir mit dem Baronet nach Baskerville Hall zurück.

Am nächsten Morgen war der Nebel weg. Mrs. Stapleton führte uns zu der Stelle, wo sie einen Pfad durch den Sumpf entdeckt hatten. Wir ließen sie auf dem festen Boden zurück, der sich in den Sumpf hineinzog. Stöcke markierten an einigen Stellen den Pfad, der im Zickzack zwischen Binsenbüscheln verlief. Mehr als einmal traten wir daneben und versanken bis übers Knie im Morast. Aus einem Büschel Baumwollgras ragte etwas Dunkles hervor. Holmes sank bis zur Hüfte ein, als er den Pfad verließ, um es zu holen. Er hielt einen alten schwarzen Stiefel hoch. *Meyers, Toronto*, war ins Leder geprägt.

»Der ist ein Schlammbad wert«, sagte er. »Es ist der fehlende Stiefel unseres Freundes Sir Henry.«

»Den Stapleton auf der Flucht weggeworfen hat.«

»Richtig. Er behielt ihn, nachdem er den Hund auf Sir Henrys Spur gebracht hatte, und warf ihn dann weg. Jedenfalls wissen wir, dass er bis hierher sicher gekommen ist.«

Als wir festeren Boden erreichten, suchten wir nach Fußspuren, fanden aber keine. Irgendwo im Herzen des Grimpen-Sumpfes, im fauligen Morast des riesigen Moors, das ihn verschlungen hat, liegt dieser grausame Mann für immer begraben.

Helles Glühen
Stapleton benutzte weißen Phosphor, um das schreckliche Aussehen seines Hundes zu betonen. Phosphoreszierende Farbe wird auch für Uhrzeiger verwendet, damit sie im Dunkeln leuchten.

Kapitel 9

EIN RÜCKBLICK

Es war Ende November. An einem kalten, nebligen Abend saßen Holmes und ich vor dem lodernden Kaminfeuer in unserem Wohnzimmer in der Baker Street. »Der Ablauf der Ereignisse«, sagte Holmes, »war im Grunde einfach, obwohl er uns so komplex erschien.

Meine Erkundigungen ergaben, dass das Familienporträt nicht log und Stapleton in der Tat ein Baskerville war – der Sohn von Rodger Baskerville, dem jüngeren Bruder von Sir Charles, der einen schlechten Ruf hatte und nach Südamerika floh, wo er, wie es hieß, ledig starb. Doch er hatte geheiratet und hinterließ einen Sohn. Dieser heiratete Beryl Garcia, eine der schönsten Frauen Costa Ricas. Nachdem er eine erhebliche Summe an öffentlichen Geldern veruntreut hatte, änderte er seinen Namen in Vandeleur, floh nach England und gründete eine Schule in Yorkshire. Die Schule begann erfolgreich, doch bald wurde ihr Ruf immer schlechter. Die Vandeleurs änderten ihren Namen in Stapleton und zogen nach Südengland.

Stapleton hatte entdeckt, dass nur zwei Menschenleben ihn von einem wertvollen Besitz trennten. Er nahm seine Frau als seine Schwester mit sich und suchte Sir Charles' Freundschaft. Ganz offensichtlich plante er, sie als Lockvogel zu missbrauchen. Er wollte den Besitz und um dieses Ziel zu erreichen, war ihm jedes Mittel recht.

Der Baronet selbst erzählte ihm von dem Familienhund und grub sich so sein eigenes Grab. Stapleton wusste von Dr. Mortimer, dass der alte Mann ein schwaches Herz hatte und ein Schock ihn töten würde. Er wusste auch, dass Sir Charles abergläubisch war und die Schauerlegende sehr ernst nahm. Mit seinem genialen Verstand erkannte er sofort, wie er den Baronet töten konnte.

Stapleton kaufte einen starken, wilden Hund. Auf seiner Jagd nach Insekten hatte er den Grimpen-Sumpf erforscht und kannte daher ein sicheres Versteck für das Tier. Er hoffte, seine Frau würde Sir Charles ins Verderben locken, aber sie weigerte sich. Dann kam er auf Laura Lyons, von der er über Sir Charles erfahren hatte. Er stellte sich als Junggeselle vor und versprach, sie zu heiraten, wenn sie sich scheiden ließe. Als er erfuhr, dass Sir Charles Baskerville Hall auf Anraten von Dr. Mortimer verlassen wollte, diktierte er Laura Lyons einen Brief, in dem sie den alten Mann anflehte, sie am Vorabend seiner Abreise nach London zu treffen. Dann hielt er sie davon ab, zu gehen, und bekam so die Chance, auf die er gewartet hatte.

Er versah den Hund mit der teuflischen Farbe und brachte das Tier zum Tor, wo der alte Mann wartete. Der Hund, von seinem Herrn aufgehetzt, sprang über das Gittertor und verfolgte den Baronet, der schreiend die Eibenallee hinunterfloh.

Der Hund blieb auf dem Grasstreifen, während der Baronet den Weg entlang rannte, sodass nur die Spur des Mannes zu sehen war. Als das Tier ihn regungslos am Boden liegen sah, näherte es sich ihm wahrscheinlich und beschnüffelte ihn. Da er aber tot war, ließ es ihn in Ruhe. Dabei hinterließ es die Spuren, die Dr. Mortimer gefunden hat. Danach wurde der Hund zurück in sein Versteck im Grimpen-Sumpf gebracht.

Sie sehen, wie teuflisch gerissen dieser Plan war, denn es wäre praktisch unmöglich gewesen, den wirklichen Mörder anzuklagen. Sein einziger Komplize konnte ihn nicht verraten.

Von Dr. Mortimer erfuhr Stapleton von der Ankunft Sir Henrys. Sein erster Plan war, ihn bereits in London zu töten. Seine Frau wagte nicht, Sir Henry zu schreiben, um ihn zu warnen, deshalb schnitt sie die Worte aus und schrieb die Adresse in verstellter Handschrift. Nun wusste der Baronet, dass er in Gefahr war.

Stapleton brauchte unbedingt ein Teil von Sir Henrys Kleidung, um den Hund auf seine Spur zu bringen, falls er auf ihn zurückgreifen musste. Der erste Stiefel, den er stahl, war neu und daher nutzlos für seine Zwecke. Er brachte ihn zurück und stahl einen anderen.

Als Stapleton erfuhr, dass ich den Fall in London übernommen hatte, kehrte er nach Hause zurück und erwartete die Ankunft des Baronets.

Meine Taktik war es, zu warten und zu beobachten. Deshalb kam ich heimlich her. Ihre Berichte erreichten mich schnell, da sie von der Baker Street nach Coombe Tracey weitergeleitet wurden, und es gelang mir, die wahre Identität Stapletons und seiner Frau herauszufinden. Trotzdem war das immer noch nicht genug, um ihn offiziell anzuklagen. Ich musste ihn auf frischer Tat ertappen und dazu mussten wir Sir Henry als Köder benutzen. Das ist uns gelungen, und der Schaden, den er erlitten hat, wird laut Dr. Mortimer nur vorübergehend sein. Eine lange Reise wird unserem Freund helfen, seine angegriffenen Nerven und verletzten Gefühle zu heilen. Er empfand aufrichtige Liebe für Mrs. Stapleton.

Obwohl Stapleton großen Einfluss auf sie hatte, wollte sie Sir Henry zweifellos warnen, jedenfalls soweit es ihr möglich war. Stapleton war ein eifersüchtiger, gewalttätiger Mann. Als er sah, wie Sir Henry seiner Frau den Hof machte, konnte er, obwohl sein eigener Plan es vorsah, einen leidenschaftlichen Ausbruch nicht verhindern; dieser verriet sein hitziges Temperament, das er sonst hinter einem beherrschten Auftreten verbarg. Indem er die Beziehung ermutigte, erreichte er nämlich, dass Sir Henry häufig nach Merripit House kam. Am Tag, als er Sir Henry ermorden wollte, wandte sich jedoch seine Frau gegen ihn. Eine heftige Szene folgte und er erkannte, dass sie ihn verraten würde. Also fesselte er sie, damit sie Sir Henry nicht warnen konnte.

Wäre Stapleton Erbe geworden, hätte er vermutlich seine Ansprüche von Südamerika aus angemeldet und so das Vermögen erhalten, ohne je nach England zurückzukehren.

Und jetzt, mein lieber Watson, lassen Sie uns zu einem angenehmeren Thema übergehen. Ich habe Logenplätze für *Die Hugenotten*. Dürfte ich Sie bitten, in einer halben Stunde fertig zu sein, sodass wir unterwegs bei Marcini's ein kleines Dinner einnehmen können?«

Conan Doyle & Sherlock Holmes

Conan Doyles Leben war nicht weniger interessant als die Geschichten, die zu seinem literarischen Ruhm beitrugen. Er hatte Medizin studiert und verbrachte acht Monate als Schiffsarzt auf einem Walfangschiff. Im Burenkrieg ging er als Freiwilliger nach Südafrika. Er war ein leidenschaftlicher Sportler und perfekter Skifahrer, lange bevor diese Sportart modern wurde. Er reiste viel und hielt Vorträge in der gesamten englischsprachigen Welt. Es enttäuschte ihn, dass die Öffentlichkeit ihn so stark mit Sherlock Holmes identifizierte und man seinen zahlreichen anderen Werken und Interessen wesentlich weniger Aufmerksamkeit entgegenbrachte.

Literat
Neben 60 Sherlock-Holmes-Geschichten schrieb Conan Doyle Sciencefiction, historische Romane, politische Flugblätter und viele Leserbriefe über alles Mögliche, von Militärstrategien bis zu Spiritismus.

Sherlock-Holmes-Verehrung
Heute kennt jeder die Figur des Sherlock Holmes, auch die, die seine Geschichten nie gelesen haben. Sherlock-Holmes-Clubs, -Forscher und -Sammler gibt es in aller Welt.

Gegenstände aus dem Besitz von Sir Arthur Conan Doyle

Glaube an Elfen
Sherlock Holmes ist berühmt für seinen Rationalismus. Doch Conan Doyle glaubte an Spiritismus und Übersinnliches. Er war überzeugt von der Echtheit der Elfenfotos zweier Mädchen namens Elsie Wright und Frances Griffiths. 70 Jahre später gab Elsie jedoch zu, dass die Fotos gefälscht waren.

Frühe amerikanische Ausgabe von Der Hund von Baskerville

Die Sherlock-Holmes-Geschichten wurden zuerst in der Zeitschrift The Strand publiziert.

Sherlock Holmes' Büro
1951 gab es eine Sherlock-Holmes-Ausstellung, die um die ganze Welt ging. Seit 1957 kann man eine gelungene Rekonstruktion seines Büros im »Sherlock Holmes Pub« in London bewundern.

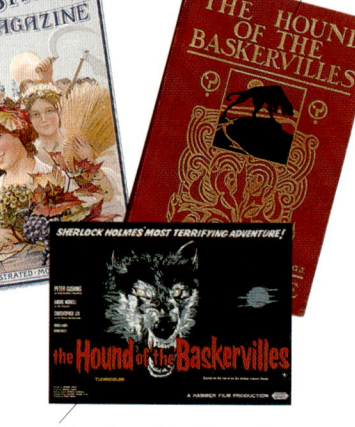

Eine der zahlreichen Filmversionen nach dem Buch, 1959 von Hammer produziert

HOLMES IN FILM UND THEATER

William Gillette spielte – mit Genehmigung des Autors – den Detektiv 30 Jahre lang auf der Bühne, und zwar ab 1916. Seitdem hat jede Generation die Figur neu interpretiert.

Der junge Sherlock Holmes
Dieser Paramount-Film mit Nicholas Rowe und Alan Cox stammt aus dem Jahr 1985.

Star der Leinwand
In den 1940er-Jahren stellte Basil Rathbone (unten) Holmes dar. Er spielte ihn zwischen 1936 und 1946 in 14 Filmen.

Hundert Jahre Holmes
Granada TV produzierte zwischen 1984 und 1993 fünf Fernsehserien mit Jeremy Brett als Holmes und Edward Hardwicke als Dr. Watson. Sie wurden in über 70 Ländern ausgestrahlt.

SIR ARTHUR CONAN DOYLE'S
THE HOUND OF THE BASKERVILLES
WITH RICHARD GREENE · BASIL RATHBONE · WENDY BARRIE
AND NIGEL BRUCE · LIONEL ATWILL · JOHN CARRADINE · BARLOWE BORLAND · BERYL MERCER · MORTON LOWRY · RALPH FORBES
DARRYL F. ZANUCK IN CHARGE OF PRODUCTION
A 20TH CENTURY-FOX PICTURE

Joan Hickson als Miss Marple

Superschnüffler
Krimiautorin Agatha Christie schuf zwei berühmte Detektive – Miss Marple und Hercule Poirot.

David Suchet als Poirot

ROMANDETEKTIVE

Amateurdetektive, die – wie Sherlock Holmes – unabhängig von der Polizei arbeiten, sind Thema vieler moderner Fernsehproduktionen.

Akte X
In den 1990er-Jahren beschäftigte *Akte X* die Fantasie des Publikums. Die Fälle von Mulder und Scully drehten sich sowohl um die Wissenschaft als auch um Übernatürliches. Conan Doyle hätte dies begrüßt – er glaubte an Übersinnliches und schrieb auch selbst Sciencefiction.

Bildnachweis